AF146138

Elisabeth Manno

Kaffee, Klatsch und Klartext

Roman

BoD – Books on Demand

Herstellung und Verlag:
BoD – Books on Demand, Norderstedt
ISBN 978–3–7357–2156–3

Ein Mittwochnachmittag im September. Fünf Frauen, die plaudernd um einen Kaffeetisch saßen. Fünf Frauen, die vor allem verband, dass sie am gleichen Gymnasium Sprachen unterrichteten. Das Schuljahr hatte gerade begonnen. Man redete über dies und das und stöhnte, dass die Ferien vorbei waren und man wieder unter dem Joch des schulischen Alltags war. Nichts Gravierendes, aber Klappern gehört nun mal zum Geschäft.

Und plötzlich stand da diese Frage im Raum. Natürlich war es mal wieder Veronika, die die Dinge beim Wort genannt haben wollte. Veronika, die Alpha-Frau mit dem Feingefühl einer Dampfwalze, die gar zu gerne im Leben der andern rumschnüffelte.

„Was ist für euch zur Zeit das größte Problem?"

Das Schweigen der anderen vier Frauen dauerte einen Moment zu lange. Selbst Veronika merkte das. „ Na los, den ganzen Nachmittag jammern wir darüber, wie schlecht es uns geht, da muss man doch mal genauer hinsehen, da muss doch mal was getan werden."

Karin war die erste, die von ihrem Kuchenrest aufblickte. „Also ich kann euch das ganz genau sagen: Ich habe Angst vor nächsten Dienstag. Da soll ich nämlich zum Zahnarzt, und erstens tut das meistens weh, und zweitens wird er mir irgendwann meine schrottreifen Zähne ziehen und mir eine Prothese verpassen, die ich nachts in einem Wasserglas auf meinen Nachttisch aufbewahre. Ich sage euch, alt werden macht keinen Spaß!"

Aus Karins Mund hörte sich das eher grotesk an, denn wenn eine derzeit keine Angst vor dem Verlust von Jugend und Schönheit haben musste, dann war es Karin. Karin mit ihren langen blonden Haaren, die sie heute zur Abwechslung elegant hochgesteckt trug, mit ihrer makellosen Pfirsichhaut, Zeugnis regelmäßiger Besuche bei der Kosmetikerin, und ihrer dank eiserner Disziplin schlanken Figur, die zudem noch in einem ausgefallenen Outfit steckte, das eine andere Frau ihres Alters kaum tragen könnte.

„Ach du mit deinen 48 Jährchen! Komm du erst mal in mein Alter", konterte deshalb prompt Ingeborg, die vor kurzem ihren 50. Geburtstag gefeiert hatte. Gefeiert war allerdings zu viel gesagt. Eigentlich hatte sie eher mit einer Flasche französischen Rotwein ihre Depressionen bekämpft. Unnötig zu sagen, dass die Depression als Siegerin aus diesem Kampf hervorgegangen war.

„Und was ist dein wunder Punkt, Ingeborg?", wollte Karin jetzt wissen.

„Das sind natürlich die Dumpfbacken aus meinem Deutschkurs im 12. Jahrgang. Da hat man nun jahrelang Literaturwissenschaft studiert, aber für diese jungen Leute von heute ist das ja alles wie Perlen vor die Säue. Mit denen kannst du nicht über die Schönheit von literarischen Texten reden. Erst mal lesen die das schon gar nicht – alles was länger als eine SMS ist, dafür reicht die Aufmerksamkeitsspanne schon gar nicht mehr. Aber dann meckern, wenn es nur für fünf Punkte reicht. Und ich bin dann schuld, wenn sie nicht Arzt oder Anwalt werden können."

„Da kann ich dich gut verstehen", fiel Lisa ein. „ Mir geht es ähnlich mit meinen Fünftklässlern. Die wollen auch alles geschenkt. Nicht mal zehn einfache Vokabeln können die bis zum nächsten Tag lernen und jeder Vokabeltest ist für die Eltern ein Fall von Kindesmisshandlung. Die stehen dann gleich auf der Matte, man soll die lieben Kleinen doch nicht so demotivieren und blablabla. Mal ganz ehrlich, von den 28 Kindern in meiner Klasse gehören doch mindestens 15 überhaupt nicht auf ein Gymnasium."

4

„Ihr immer mit eurer blöden Schule!", maulte Veronika, die offenbar interessantere und möglicherweise pikantere Details erwartet hatte. Veronika litt unter chronischer Neugier, das heißt, sie selber litt nicht wirklich, das taten in der Regel ihre überrumpelten Opfer. „Habt ihr denn keine anderen Sorgen?"

„Nun bleib aber mal auf dem Teppich", mahnte Hanna. „Schließlich verbringen wir ja auch den besten Teil des Tages in dieser Anstalt. Mich zum Beispiel macht dieser Jan–Eric aus der 10. Klasse immer ganz fertig. Dem kommst du einfach nicht bei. Der ist unglaublich frech, mischt die Klasse auf, so dass keiner mehr richtig arbeiten kann, aber immer wenn es mal wieder reicht und ich durchgreifen will, rennen die Eltern zum Chef, wedeln mit einem Spendenscheck für die Musikanlage oder die Theaterfahrt, und schon werde ich zurückgepfiffen. Wenn das kein Grund zum Aufregen ist!"

„Und du, Veronika?" Jetzt wollten es die andern alle endlich auch einmal wissen. „Was ist der Alptraum deiner schlaflosen Nächte?"

Veronika lehnte sich genüsslich zurück und befragte die Zimmerdecke. „Ja, was regt mich denn auf? Eigentlich läuft ja alles wie geschmiert. Mein Unterricht macht mir und den Schülern Spaß, und zu Hause, da könnte ich glatt die Frau aus der Staubsaugerwerbung sein, wisst ihr, die Hausfrau, die gefragt wird, was sie beruflich macht, und die dann antwortet: ‚Ich leite ein gutgehendes kleines Familienunternehmen.' Aber wenn ich ganz ehrlich bin…"

Jetzt kommt der Knüller, dachten die andern Frauen und beugten sich aufmerksam vor.

„Eine Sache gibt es, die mich nervt. Dauernd lassen meine Männer ihre Klamotten überall liegen, und ich darf dann hinter ihnen her räumen, damit es hier nicht aussieht wie bei Hempels unterm Sofa. Vor allem die Jungs. Nick wird ja langsam schon wieder vernünftiger, aber Phil, das ist so ein richtig genialer

5

Chaot. Der schafft es regelmäßig, mich auf die Palme zu bringen."

„Da bist du wirklich zu bedauern", sagte Hanna mit vor Ironie triefender Stimme. „Du hast unser kollektives Mitgefühl. Nur eines verstehe ich nicht: Warum lässt du in deinem gutgehenden Familienunternehmen nicht deine Natascha hinter deinen Jungs aufräumen?" Natascha, die Perle mit russischem Migrationshintergrund.

„Die ist doch nur vormittags da. Den ganzen Tag möchte ich die auch nicht um mich haben. Ab und zu braucht der Mensch ja auch mal seine Ruhe. Oder fändet ihr das gemütlich, wenn sie jetzt mit dem Staubsauger hier durch käme?"

Ingeborg sah auf die Uhr. „Oh Gott, schon gleich sechs! Ich muss los, muss noch eine Klausur fertigkorrigieren."

„Kannst du mich ein Stück mitnehmen?", fragte Hanna. „Mein Auto ist in der Werkstatt."

„Ist dein Sohn wieder irgendwo dagegen gefahren?", wollte Veronika wissen.

„Nein, das ist nur eine Inspektion."

„Bei wem treffen wir uns in zwei Wochen? Bei dir, Hanna?"

„Ja, ich bin dran."

„Machst du uns wieder deine Eistorte?"

„Wenn mir nichts dazwischen kommt."

*

Im Auto wandte sich Ingeborg Hanna zu.

„Hinter der Familie aufräumen als Problem des Jahrhunderts! Dass ich nicht lache!"

„Du siehst das falsch", erwiderte Hanna. „Es ging gar nicht darum, ein Problem zu schildern, sondern darum, uns armen Schweinen zu zeigen, dass zumindest Veronika keine Probleme hat. Der Mann verdient in seiner Kanzlei ein Heidengeld, die Söhne sind wohlgeraten, um den Haushalt kümmert sich die

Putzfrau, und wenn Veronika mal nicht beim Tennis oder bei der Kosmetikerin ist, gibt sie halt bei uns in der Schule noch ein paar Stunden, damit sie uns zeigen kann, wie locker ihr alles von der Hand geht."

„Sag bloß, du glaubst das wirklich!", ereiferte sich Ingeborg. „Schau dir mal die beiden Jungs an. Nick hängt genauso blasiert und gelangweilt im Unterricht rum wie sein Vater auf dem Elternabend. Zum Kotzen finde ich das! Und Phil hat die Intelligenz auch nicht gerade mit großen Löffeln gefressen. Bei anderem sozialen Hintergrund hätte man den Eltern längst geraten, das Kind auf eine andere Schule zu geben, weil es den Anforderungen des Gymnasiums nicht gewachsen ist. Aber wenn der Vater Anwalt ist, überlegt sich natürlich jeder, ob er sich dafür aus dem Fenster lehnen sollte."

„Mit Veronika will sich auch keiner anlegen, die wird immer gleich so patzig, wenn es um ihren kleinen ‚Familienbetrieb' geht. Aber egal wie blöd die Söhne sind, mit Geld im Hintergrund braucht sie sich vielleicht tatsächlich nicht so viele Sorgen um die Zukunft ihrer Kinder zu machen wie andere Leute. Und im Gegensatz zu uns beiden zum Beispiel hat sie ja sogar noch einen Mann an ihrer Seite."

„Fragt sich nur, wie lange noch?", gab Ingeborg süffisant von sich.

„Ist da was im Busch? Los, raus mit deinem Insider–Wissen!", verlangte Hanna.

„Es gibt Gerüchte, dass die Neue in seiner Kanzlei mehr als nur eine Praktikantin für ihn ist. Meine Nachbarin hat die beiden vor kurzem mal im Jagdschlösschen gesehen, händchenhaltend und sich tief in die Augen blickend. Ein Arbeitsessen war das ganz bestimmt nicht."

„Glaubst du, Veronika ahnt davon etwas?"

„Falls ja, wird sie garantiert niemandem auch nur ein Sterbenswörtchen davon verraten. Die hält an ihrer schönen heilen Welt fest und ignoriert alles, was da nicht reinpasst – und hofft im Ernstfall, dass die Wolke weiterzieht."

„Vielleicht bin ich ja gemein, aber es tut schon gut, wenn unserer Superfrau auch mal am Lack gekratzt wird. Dann muss sie beim nächsten Mal nicht so lange nachdenken, was sie uns als ihren größten Kummer verkauft."

„Nein, Hanna, glaub bloß nicht, dass die ein Problem von dieser Tragweite vor uns ausbreiten würde. Ich bin übrigens überzeugt, dass heute Nachmittag keine erzählt hat, was sie wirklich bedrückt. Und wenn du mich fragst, dann ist das auch gut so, denn seine Schwachstellen aufzuzeigen, macht einen verletzlich. Wer den Schaden hat, sollte ihn unter den Teppich kehren, um Spott zu vermeiden."

„Du siehst das so negativ. Man kann doch auch Hilfe bekommen, wenn man sich andern anvertraut. Schließlich sind wir doch Freundinnen und sitzen im selben Boot."

„Du weißt aber schon, wie das mit Booten so ist: Die einen rudern und die andern machen eine Kreuzfahrt. Ich würde jedenfalls eher die Telefonseelsorge anrufen."

*

Karin stand vor dem Spiegel und betrachtete ihren immer noch makellosen Körper. Natürlich war es nicht mehr der Körper, mit dem sie vor 28 Jahren einen Schönheitswettbewerb gewonnen hatte und ein Jahr lang als Rosenkönigin ihre Stadt bei offiziellen Anlässen mit der Frische ihrer Jugend hatte vertreten dürfen.

Schönheit war schon immer Karins Trumpfkarte gewesen. Schon als kleines Mädchen hatte sie sehr schnell raus, wie leicht es war, mit ihrem entzückenden Lächeln die Menschen für sich einzunehmen. Alles andere kam dann wie von selbst – Freunde, Schule, Studium, Ehe und Familie.

Natürlich hatte sie die notwendige Intelligenz für einen guten Schulabschluss und ein Universitätsstudium. Aber dennoch war es so, dass ihre Ergebnisse immer einen Tick besser ausfielen, als wenn die Natur sie mit Pickeln, schiefen Zähnen und strähnigen Haaren bedacht hätte. Auch ihre Heirat mit Markus, einem erfolgreichen Psychiater war nichts weiter als eine logische Fortsetzung ihrer Biografie. Erfolgreiche Männer leisten sich schöne Frauen, und im Umkehrschluss gilt, dass schöne Frauen sich auf der sozialen Leiter ziemlich weit oben niederlassen können.

Dennoch überkam Karin in letzter Zeit immer öfter das Gefühl, das komfortable Leben, das sie führte, könnte in Gefahr sein, das Beste im Leben vorbei sein. Und jetzt noch dieser ärztliche Befund, der ihre Welt in den Grundfesten erschütterte. Sie kämpfte wieder einmal erfolglos gegen die Tränen, die zur Zeit sehr locker saßen und weitere Spuren der Zerstörung in ihrem schönen Gesicht hinterließen. Sie konnte mit niemandem darüber reden, am allerwenigsten mit Markus. Sie wusste nicht, was sie tun sollte. Solange sie nichts unternahm, war von der heimtückischen Zerstörung, die im Innern ihres Körpers tobte, wenigstens nichts zu sehen. Aber wie lange durfte sie sich diese Untätigkeit noch erlauben?

Von wegen Angst vor dem Zahnarzt! Das war das erste, was ihr einfiel und unverfänglich genug war und trotzdem im weitesten Sinn mit dem Kern ihres Kummers in Verbindung stand.

Karins größter Trumpf war bedroht. Sie musste sich einem Kampf stellen, den sie in keinem Fall wohlbehalten gewinnen konnte. Danach würde nichts mehr sein wie vorher.

*

Lisa parkte ihren flotten Flitzer in der geräumigen Doppelgarage und betrat ihr gepflegtes Heim mit einem dicken

Knoten im Magen. Über die Jahre war Lisa auf schmerzhafte Weise zu dem Schluss gekommen, dass der Magen der Sitz der Seele war. Kein Arzt hatte es bisher geschafft, ihre Magenbeschwerden zu kurieren, weil ja auch kein Arzt die blasseste Ahnung hatte, wo die Ursache dafür lag. Auch die Ursache für ihre Kinderlosigkeit – oder sollte sie besser sagen, ihre Unfähigkeit, Kinder zu bekommen? – war ein Rätsel für das Heer von Gynäkologen, zu dem ihr Mann sie schon geschickt hatte.

Lisa dagegen wusste in einer Art archaischem Fatalismus, dass sie bestraft wurde. Bestraft für eine Jugendsünde, begangen vor langer Zeit in einem fernen Land. Das war der zentrale Kummer ihres Lebens. Sie empörte sich immer noch über die indiskrete Frage, die Veronika ihnen heute Nachmittag gestellt hatte. Auf solch eine Frage kann man nur mit einer Lüge antworten, denn niemanden geht etwas an, was man im tiefsten Inneren mit sich herumschleppte, nicht einmal einen Beichtvater. Den vielleicht gerade erst recht nicht!

Lisa stammte aus einer streng katholischen Familie. Aber die Religion war ihr in der schwierigen Situation damals keine Hilfe gewesen, eher ein unüberwindliches Hindernis, vielleicht sogar der Grund, warum sie überhaupt in eine solche Situation hatte geraten können.

Heute würde man mit solch einem Problem anders umgehen. Und in einer anderen Familie hätte man auch eine andere Lösung gefunden. Heute würde man die Schwangerschaft einer 17-jährigen Austauschschülerin nicht so spurlos aus der Welt schaffen. Heute würde sie kämpfen. Vielleicht – nein, sicher – wäre ihr Leben anders verlaufen, nicht so stromlinienförmig, aber sie würde jetzt nicht in dieser quälenden Unsicherheit leben.

Manchmal überkam sie plötzlich das Bedürfnis, das Geheimnis, das über ihrem großen Ausflug in die weite Welt lag, ihrer nächsten Umgebung um die Ohren zu knallen. Wenn Piet sie liebevoll in den Arm nahm, um ihr zu versichern, dass es kein Makel sei, keine Kinder zu bekommen, dann wollte sie ihm am liebsten ins Gesicht schleudern: „An mir liegt es jedenfalls nicht!"

Und manchmal konnte sie es kaum ertragen, wenn andere Leute über ihre vermeintlichen Probleme lamentierten – die Kinder lassen alles rumliegen, ach wie schrecklich! – , ohne zu wissen, was wirkliche Probleme waren. Wie heute Nachmittag. Aber man war ja gut erzogen. Und wenn so eine neugierige Ziege wie Veronika in den Problemen anderer Leute herumstochern wollte, dann musste man ihr eben was zum Stochern geben – nur auf keinen Fall die Wahrheit!

*

Nachdem Ingeborg sie an der Ecke abgesetzt hatte, ging Hanna auf ihr Haus zu, und mit jedem Schritt nahm das Gefühl zu, keine Luft mehr zu bekommen. Wann hatten diese Atembeschwerden angefangen? Vor sechs Jahren, als Joachim seine Affäre mit seiner 20 Jahre jüngeren und außerdem schwangeren Sekretärin legalisieren wollte und deshalb Hanna mittels Scheidung entsorgte, als handelte es sich um Altlasten, die er vor der Gründung einer neuen, vielleicht besser funktionierenden Familie loswerden musste? Immerhin hatte sie damals darauf bestanden, das Haus behalten zu können, damit Stefan zu dem Verlust eines intakten Familienlebens nicht auch noch den seines gewohnten Umfeldes verkraften musste.

Nicht, dass es wirklich viel genutzt hätte. Scheidungskinder hatten nun mal schlechtere Chancen, vor allem wenn ein Elternteil sich überhaupt nicht mehr kümmerte, weil der entzückende Halbbruder einem muffigen Teenager allemal vorzuziehen war. Anfangs nahm Joachim sein Besuchsrecht noch wahr, aber als Stefan anfing, die Wochenenden bei seinem Vater als krampfhafte Pflichtveranstaltung zu empfinden und ein ums andere Mal Ausreden fand, warum er lieber bei seiner Mutter bleiben wollte, zeigte sich Joachim sofort sehr verständnisvoll und „verzichtete" großzügig und mit nur schlecht versteckter Erleichterung auf sein Umgangsrecht, anstatt um die Zuneigung seines Erstgeborenen zu kämpfen. Manchmal hatte Hanna das Gefühl, die einzige Verbindung zu ihrem Exmann waren die monatlichen Unterhaltszahlungen für Stefan. Jeder Versuch, die Probleme, die Stefan machte, mit Joachim zu besprechen, endete bisher mit Schuldzuweisungen. „Das hast du jetzt davon, dass du ihn immer so verwöhnt hast… Du musst konsequenter sein… Dann gib ihm doch nicht dein Auto, wenn er nur Quatsch damit macht… Streich ihm das Taschengeld…" Ja, entzieh ihm noch das letzte bisschen Liebe und Vertrauen!

„Stefan!", rief sie, ohne große Hoffnung, eine Antwort zu bekommen. Seine Jacke hing nicht da, er war weg, sie wusste nicht wo und auch nicht, wann er wiederkommen würde. Sie wusste nicht mehr, wann Klausuren anstanden, nur dass er sich überhaupt nicht mehr darauf vorbereitete und auf dem besten Weg war, durchs Abitur zu rasseln. Sie wusste nicht mehr, mit wem er Umgang hatte, jedenfalls nicht mit den wohlgeratenen Kindern ihres Freundeskreises, und wie immer, wenn sie in ein leeres Haus zurückkam, griff die Angst um die Zukunft ihres einzigen Kindes mit eiserner Faust nach ihr und schnürte ihr buchstäblich die Luft ab.

Sie musste nochmal weg, ihr Auto von der Inspektion abholen. Handtasche, Schlüssel, routinemäßiger Blick ins Portemonnaie – und da traf es sie unvermittelt mit ungebremster Wucht: Die 200 Euro, die heute Morgen noch drin waren, fehlten! Stefan! Ihr eigener Sohn hatte sie bestohlen! Fieberhaft suchte sie nach anderen Erklärungen… Einbrecher… oder vielleicht hatte sie das Geld doch selber ausgegeben… aber wann denn? Nein, sie durfte die Augen nicht mehr vor der Tatsache verschließen, dass ihr Sohn auf einer ganz üblen Talfahrt war – und weit und breit niemand, dem sie sich anvertrauen konnte, den sie um Rat fragen konnte. Ingeborg, die selber keine Kinder hatte? Karin, deren Gedanken nur um ihre Schönheit kreisten? Oder gar Veronika, deren Söhne allenfalls mal ihre Klamotten nicht wegräumten? Oder Lisa, die alle Chancen noch vor sich hatte und gar nicht wusste, was ein verkorkstes Leben war?

Hanna musste sich eingestehen, dass sie völlig allein in einem dunklen Tunnel stand, und plötzlich war ihr sehr, sehr kalt.

*

Je näher Ingeborg ihrer Wohnung kam, umso langsamer fuhr sie. Sie kam nicht gerne in ihre Wohnung zurück. Es war nicht so, als müsste sie in eine leere Wohnung kommen – nein, das war nicht der Grund für ihr Zögern. Im Gegenteil, was hätte sie dafür gegeben, alleine zu wohnen. Aber in ihrer hübschen 4–Zimmer–Wohnung, in die sie vor 15 Jahren frohgemut und voller Optimismus eingezogen war, wartete Mutti auf sie und forderte ihren Anteil an Ingeborgs Freizeit. Dass sie ihren Unterricht halten musste, nahm die sensible 75-Jährige gerade noch hin. Schließlich musste die arme Ingeborg ihren Lebensinhalt verdienen, nachdem es sich ja leider nicht ergeben hatte, dass sie einen Mann gefunden hatte, der für sie hätte sorgen können. Nun ja, die arme Ingeborg war ja schon immer eher ein Kopfmensch gewesen und hatte sich nicht übermäßig für Männer interessiert. Aber dass sie sich nach der Schule stundenlang in ihrem Arbeitszimmer vergrub, um zu korrigieren oder Unterricht vorzubereiten, das fand Mutti nun doch etwas übertrieben. Schließlich wurde man doch Lehrer, um nachmittags frei und Zeit für die Familie zu haben, auch wenn die Familie nur aus Mutter und Tochter bestand.

Dass sie sich außerdem noch jede zweite Woche einen ganzen Nachmittag lang mit ihren Freundinnen traf, das ging nun wirklich etwas zu weit, fand Mutti. Und entsprechend war an

13

solchen Tagen ihre Laune, und entsprechend schlecht ging es ihr dann auch.

Ingeborg parkte ihr Auto und atmete tief durch. Zehn Jahre, dachte sie. Vor zehn Jahren war Ingeborgs Vater gestorben, mitten aus dem Leben gerissen durch einen Herzinfarkt, und Ingeborgs Mutter war allein in dem großen Haus zurückgeblieben. Es stellte sich heraus, dass sie letzten Endes eine sehr hilflose Person war, denn alle wichtigen Dinge hatte stets der Vater geregelt. Am Anfang fuhr Ingeborg alle 14 Tage die 200 km, um ihrer Mutter seelischen Beistand zu leisten und auf ihre zupackende Art die praktischen Dinge für ihre Mutter zu erledigen. Das reichte von Behördengängen bis hin zu einfachen Hausarbeiten. Als Mamas Trauer allmählich in eine handfeste Depression überging, schien sie zeitweise nicht einmal mehr in der Lage zu sein, den Staubsauger in Gang zu setzen oder sich etwas Vernünftiges zum Essen zu kochen.

Ingeborg wandte sich an ihre Schwester, meinte, man könne sich doch in der Betreuung der Mutter abwechseln. Aber sehr schnell stellte sich heraus, dass Greta durch ihren großen Haushalt mit Ehemann und drei halbwüchsigen Kindern voll ausgelastet war. Ihr Anteil beschränkte sich bald darauf, mit einem großen Blumenstrauß für Mama für ein Stündchen aufzutauchen, vorzugsweise an den Wochenenden, an denen Ingeborg auch da war, und mit Mutter und Schwester Kaffee zu trinken, und danach Ingeborg alles wieder sauber aufzuräumen zu lassen.

Die beiden Brüder waren ebenfalls keine Hilfe. Rüdiger lebte in den USA, der kam nur zu besonderen Gelegenheiten wie Vaters Beerdigung nach Hause. Und Frank wohnte zwar in der Nähe, aber seine Frau Miriam hatte klargestellt, dass von der Seite keine Unterstützung zu erwarten war – das Verhältnis zwischen Mama und dieser Schwiegertochter war nicht das beste.

14

Blieb also die liebe, treue Ingeborg. Und ehe sie merkte, worauf das alles zusteuerte, beschloss der hastig einberufene Familienrat, dass die beste Lösung wäre, wenn Mutti zu Ingeborg zöge. Das Elternhaus wurde vermietet, und Mama zog mit ihren Lieblingsmöbeln in Ingeborgs Gästezimmer. Ingeborg hatte danach sowieso kaum noch Gäste.

„Kind, wo bleibst du denn so lange?", jammerte ein schwaches Stimmchen aus dem Wohnzimmer. Wahrscheinlich hat sie schnell den Fernseher ausgemacht, als sie den Schlüssel in der Wohnungstür hörte, dachte Ingeborg boshaft. Und jetzt sitzt sie untätig in ihrem Sessel, auf dem sie vor zwei Stunden auch schon saß, und ich soll ein schlechtes Gewissen haben, dass ich die arme, alte Frau so lange ihrem Schicksal überlassen habe, um meinem Vergnügen nachzugehen. Dabei hat sie sicher auch schon ausgiebig mit Greta telefoniert, um sich über die schlechte Behandlung durch mich zu beklagen.

„Hier bin ich, Mama", sagte sie, und legte alle Sanftheit in ihre Stimme, zu der sie fähig war. „Ich mach dir jetzt ein schönes Süppchen, und dann gehen wir beide noch ein bisschen im Park spazieren." In Gedanken setzte sie dazu: Und meine Korrekturen erledige ich mal wieder in der Nachtschicht.

*

Als die Gäste alle gegangen waren, sah sich Veronika zufrieden um. Sie liebte diese Nachmittage mit ihren Kolleginnen. Die Torte aus der Konditorei Bucher war das Glanzstück ihrer gepflegten Kaffeetafel gewesen. Sollten sich die andern doch ihrer selbstgemachten, vor Gesundheit strotzenden Kuchen rühmen, sie, Veronika, hatte das gar nicht nötig. Bei ihr ging es um Stil, um gehobene Lebensart und um Perfektion. Für laienhaftes Do-it-yourself war da kein Platz. Für alles im Leben gab es Experten, nicht billig zwar, aber das war ja nun wirklich nicht Veronikas Problem – zumindest nicht mehr.

In Veronikas Elternhaus hatte es kein Geschirr von Rosenthal gegeben, keine Torte vom Konditor, keine professionelle Kaffeemaschine und schon gar keine Designerküche wie in der Villa Johannsen. Als junges Mädchen hatte sie ziemlich bald beschlossen, dass der kleinbürgerliche Mief, in dem sie aufwuchs, nicht ihre Welt sein würde. Mit dem Instinkt der geborenen Aufsteigerin hatte sie auch schnell erkannt, dass der Weg in die sogenannten besseren Kreise über eine sorgfältige Auswahl der sozialen Kontakte führte. Schon in der Schule gab sie sich ausschließlich mit Mädchen aus gutsituierten Familien ab, vorzugsweise mit solchen, die studierende Brüder hatten. Mit der Zeit grenzte sie zur Optimierung ihrer Chancen auch noch die Studienfächer dieser Brüder ein. Arztfrau wollte sie werden oder noch lieber Anwaltsgattin.

Zielstrebig wie sie war, bekam sie schließlich, was sie wollte, nämlich eine rauschende Hochzeit mit Werner Johannsen, einem promovierten Juristen, der sich mit Unterstützung seiner wohlhabenden Familie gerade in eine angesehene Kanzlei eingekauft hatte. Sie stürzte sich mit Leidenschaft in ihr neues Leben, organisierte im Hauptberuf das Sozialleben des jungen Paares, machte nebenher noch ihr Studium zu Ende, richtete die schon bald nach der Hochzeit erworbene hochwertige Immobilie standesgemäß ein und sorgte schließlich auch noch für den Fortbestand der Familie, indem sie zwei wundervolle Söhne zur Welt brachte. Kein Wunder, dass alle Welt sie bewunderte und vor allem beneidete.

Was hatten zum Beispiel die Damen von der Kaffeerunde im Vergleich dazu zu bieten? Nehmen wir doch nur mal die arme Hanna, geschieden und dann noch so ein schwieriger Sohn. Oder Ingeborg. Wohnte mit über 50 noch mit ihrer Mutter zusammen! Was war denn das für ein Leben? Und Karin sah zwar immer noch verdammt gut aus für ihr Alter, aber warum unterrichtete sie denn immer noch, wenn es ihr augenscheinlich so wenig Spaß machte. Lief wohl nicht so gut, die Praxis ihres Mannes. Sie, Veronika, könnte jederzeit aufhören, wenn ihr die Schule mal zu viel werden sollte. Sie machte das ja hauptsächlich, um nicht so ein Hausmütterchen–Image zu bekommen und um ihre Söhne zur Selbständigkeit zu erziehen.

Da saß sie nun in ihrem Bilderbuchhaus, eine Bilderbuchfrau mit ihrer Bilderbuchfamilie, und könnte so rundum glücklich und zufrieden sein. Wenn da nicht Celina wäre.

*

„Frau Brückner, wir müssen diesen Eingriff machen, und zwar so schnell wie möglich." Die Ärztin sah Karin ernst an.

„Gibt es denn überhaupt keine Alternative zu einer Operation?", fragte Karin verzweifelt.

„Wenn Sie vor einem halben Jahr zu mir gekommen wären, hätte es vielleicht Alternativen gegeben, aber inzwischen ist der Tumor zu groß, um ihn mit Bestrahlungen behandeln zu können."

„Was genau wird mit mir passieren?"

„Wir werden den Tumor und das umliegende Gewebe entfernen und hoffen, dass der Krebs noch nicht gestreut hat. Danach ziehe ich noch eine chemotherapeutische Nachbehandlung in Betracht, um ganz sicher zu gehen, dass alle bösartigen Zellen zerstört sind."

„Das heißt, ich werde nicht nur eine Brust, sondern auch noch meine Haare verlieren!", weinte Karin.

„Ihrer Haare werden wieder nachwachsen", tröstete die Ärztin. „Und was den Verlust einer Brust betrifft, auch da gibt es inzwischen viele Möglichkeiten. Sie glauben ja gar nicht, wie viele Frauen mit genau dem gleichen Problem Ihnen möglicherweise schon begegnet sind, ohne dass Sie etwas davon gemerkt haben."

„Was passiert, wenn ich mich nicht operieren lasse?", fragte Karin, die der Ärztin am liebsten gar nichts glauben würde. Wäre sie bloß nicht zur Vorsorgeuntersuchung gegangen! Dann würde sie weiterhin in glücklicher Unwissenheit leben, und es würde ihr gut gehen.

„Frau Brückner, das wissen Sie ganz genau, das muss ich Ihnen doch nicht sagen. Der Krebs wird sich ausbreiten, Metastasen bilden, nach und nach auf andere Organe übergreifen... Je früher wir aber operieren, umso besser sind die Chancen, dass Sie komplett geheilt werden können."

Es ist jedes Mal das Gleiche, wenn ich eine solche Diagnose stellen muss, dachte die Ärztin, die sich selber ganz elend fühlte. Wenn die Frauen doch bloß verstehen würden, dass sie mit ihrem Leben spielen, wenn sie in dieser Situation nicht schnell handeln. Sie kannte Karin Brückner nun schon viele Jahre und konnte sich vorstellen, was es für so eine schöne Frau bedeutete, ausgerechnet mit dieser Krankheit konfrontiert zu werden. Sie würde sich letzten Endes für die Operation entscheiden, aber es würde ein hartes Stück Arbeit für alle Beteiligten bedeuten, mit den Folgen fertig zu werden. Sie wäre nicht die erste, die sich danach völlig verstümmelt und damit wertlos fühlen würde.

Karin stand auf. „Ich muss das alles nochmal in aller Ruhe überlegen. Ich melde mich in den nächsten Tagen wieder bei Ihnen."

Auf der Straße lief Karin los, halb blind vor Tränen rempelte sie eine Frau an, die gerade aus der Buchhandlung nebenan trat.

„Karin!", rief die Frau aus und packte sie mit festem Griff am Ellbogen. „Was ist denn mit dir los? Du bist ja ganz durcheinander. Kann ich dir helfen?"

„Ingeborg!", brach es aus Karin heraus. Und dann war es mit dem kleinen Rest von Selbstbeherrschung auch noch vorbei. Hemmungslos schluchzend stand sie am helllichten Tag mitten in der Fußgängerzone und war nicht mehr fähig, auch nur einen einzigen zusammenhängenden Satz herauszubringen.

Ingeborg handelte schnell und impulsiv. „Wir gehen jetzt zu meinem Auto. Ich bring dich erst mal zu mir nach Hause, da kannst du dich ungestört ausweinen."

Zu Hause angekommen musste Ingeborg erst mal Frau Klein Senior außer Gefecht setzen, die mit ungebremster Neugier auf die weinende Frau reagierte, die ihre Tochter da so völlig unerwartet in ihren ereignislosen Alltag brachte.

„Mutti, kannst du uns mal alleine lassen?", bat sie ohne großen Erfolg. Mutti stellte sich mal wieder absichtlich doof und dachte gar nicht daran, ihren Sessel im Wohnzimmer zu räumen, wo doch gerade die seltene Chance bestand, ein Drama aus nächster Nähe mitzuerleben. Blieb noch das Arbeitszimmer, Ingeborgs Rückzugsort, der für Mutti tabu war, wie Ingeborg in einer ihrer seltenen Anwandlungen von Unnachgiebigkeit gegenüber ihrer Mutter klar gestellt hatte.

Nachdem sie Karin mit einer Packung Papiertaschentücher auf dem Sofa abgesetzt hatte, ging sie in die Küche und machte einen starken Tee – die einzige Sache, die sie im Bereich Küche von den Engländern bereit war zu akzeptieren. Tee mit viel Zucker als Erste Hilfe in jeder Art von Krisensituationen, und eine solche lag zweifelsohne hier vor.

Ausgerüstet mit einer Kanne Tee kam Ingeborg in das Zimmer zurück, wo Karin immer noch vergeblich um Fassung rang. Sie schenkte ein und tat in Karins Tasse eine kräftige Portion Zucker.

„Hier, trink das erst mal, das wird dir helfen. Und dann erzählst du mir, was passiert ist."

Aber Karin war auch nach der ersten Tasse noch nicht in der Lage zu sprechen. So versuchte Ingeborg, ihr auf ihre eigene zupackende Art zu helfen.

„Als ich dich vorhin traf, kamst du da gerade vom Arzt?"

Nicken.

„War das nicht eine Gynäkologin?"

Nicken.

„Weinst du wegen der Diagnose?"

Nicken und verstärkter Tränenfluss. Ingeborg legte den Arm um Karins bebende Schultern. „Willst du darüber reden?"

Karin holte tief Luft. „Ich habe Brustkrebs", brachte sie gerade noch heraus, bevor sie erneut zu schluchzen anfing.

„Aber da kann man doch ganz viel machen, das kriegen die Ärzte doch sicher in den Griff. Was hat deine Ärztin denn gesagt?"

„Sie will mich operieren ... ich werde eine Brust verlieren ... und dann bin ich verstümmelt ... von allen Krankheiten .... ausgerechnet diese ... ich werde alles verlieren ... mein Leben ist vorbei ... lieber möchte ich gleich sterben als so entstellt weiterzuleben…"

Ingeborg hörte diesem Ausbruch fassungslos zu und fühlte in sich plötzlich eine ungeheure Wut hochsteigen. Unzählige Frauen wurden täglich mit einer solchen Diagnose konfrontiert und mussten damit leben. Und da saß dieses Zuckerpüppchen und meinte, die Welt ginge unter, weil der knackige Busen in Gefahr war. Als ob Schönheit die einzige Lebensberechtigung wäre. Mein Gott, da müssten sich ja viele Frauen den Tod wünschen. Und was soll ich da sagen, dachte Ingeborg, ich hab nicht großartig Schönheit zu verlieren, mich würde sowas nicht so aus der Bahn werfen. Womöglich bin ich jetzt sogar zu beneiden von der guten Karin. Was bildet die sich bloß ein, hat Mann und Kinder und meint alles zu verlieren, dabei ist im schlimmsten Fall nur der halbe Busen weg. Man sollte sie nehmen und schütteln, damit sie die Dinge wieder in der richtigen Größenordnung sieht.

Mit einem Mal war Ingeborg wieder zehn Jahre alt. Sie hatte gerade einen schlimmen Sturz mit dem Fahrrad hinter sich, der ihr eine Platzwunde auf der rechten Wange und ein blaues Auge verschafft hatte. Schlimm sah sie aus, aber dafür genoss sie das Mitleid ihrer Umgebung. Eine Freundin ihrer Mutter war zu Besuch, und da ging es auch schon wieder los: „Ach, du armes Kind! Tut das noch weh? Hoffentlich heilt das wieder richtig." In diesem Stil ging das noch eine Weile weiter, bis Ingeborg in die Küche ging, um sich was zu trinken zu holen. Die Freundin redete weiter, und zwar mit so lauter Stimme, dass Ingeborg mühelos mithören konnte.

„Zum Glück ist das nicht der Kleinen passiert", tönte es aus dem Wohnzimmer, „für das hübsche Gesichtchen wäre das doch wirklich schlimm, so eine Macke. Da bleibt doch bestimmt was zurück."

Und dann die Mutter: „Ja, das hab ich auch gleich gedacht. Ingeborg ist ja die Zähere von den beiden, die kann sowas schon mal eher ab als unsere zarte Greta."

Und so lernte Ingeborg, dass ihre kleine Schwester hübsch und zart und schutzbedürftig war, sie dagegen zäh. Dieses Wort kannte sie bis dahin nur im Zusammenhang mit Fleisch, wenn der Vater sich beim Essen über ein zähes Stück beklagte. Auf jeden Fall war zäh etwas Schlechtes, Minderwertiges, und das war Ingeborg also nun auch.

Sie war nicht nur zäh, sie war auch kräftig und konnte schon früh von ihrer Mutter zu Hilfstätigkeiten im Haushalt eingesetzt werden, für die Greta dann vier Jahre später immer noch zu klein, zu schwach und vor allem zu zart war. Als Leistungsträgerin blieb sie in ihrer Entwicklung stets in gebührendem Abstand hinter ihrer großen Schwester zurück. Brachte sie schlechte Noten nach Hause, hieß es: „Ach, das ist nicht so wichtig. Greta ist so hübsch, die wird sowieso mal bald heiraten." Für Ingeborg hingegen sah die elterliche Planung eine akademische Karriere vor.

Als Ingeborg 18 war und sich auf ihr Abitur vorbereitete, führte die 14-jährige Greta ein vergleichsweise ausschweifendes Leben. Bei ihr duldeten die Eltern augenzwinkernd und wissentlich, was Ingeborg sich nach endlosen Diskussionen oft nur hinter dem Rücken der Eltern erlauben konnte. Wie oft schämte sie sich zu Tode, wenn sie Punkt 22 Uhr von ihren Eltern von einer Party abgeholt wurde – denn die Gefahr sexueller Aktivität stieg nach Ansicht von Ingeborgs Eltern nach 22 Uhr überproportional an.

Bei Greta lag der Fall natürlich anders. So viel Schönheit konnte man der Welt doch nicht vorenthalten. Greta flatterte von einer Fete zur nächsten, von einem Freund zum nächsten, und sie lebte auch ihre Anfälle von Liebeskummer hemmungslos und tränenreich aus. Wenn Greta weinte, schlichen zu Hause alle auf Zehenspitzen um die gekränkte Prinzessin herum, der mal wieder der Prinz abhanden gekommen war. Und Greta würde bestimmt auch ausrasten, wenn ihr wohlgeformter Busen in Gefahr wäre.

Womit wir wieder bei der schönen Karin und ihren großen rotgeweinten Augen wären. Nun hör mal gut zu, du blöde Zimtzicke: Wenn du meinst, du musst lieber sterben, als den Krebs zu bekämpfen und dafür deine makellose Schönheit zu gefährden, dann bist du so blöd, dass auch deine ganze Schönheit das nicht mehr ausgleichen kann. So kann ich ihr das natürlich nicht sagen, dachte Ingeborg, die ja immerhin 50 Jahre lang zivilisationsbedingte Hemmschwellen aufgebaut hatte.

„Nun hör mal gut zu, liebe Karin. Was sagt denn dein Mann dazu?“

„Der weiß das doch gar nicht.“

„Was? Das gibt es doch nicht! Du musst doch mit deinem Mann über so ein Problem reden. Der hat ein Recht darauf zu wissen, dass deine Gesundheit auf dem Spiel steht. Glaubst du, der will, dass du langsam vor dich hin stirbst, nur damit man dich mal mit einem intakten Busen begraben kann?“

Karin blieb buchstäblich der nächste Schluchzer im Hals stecken. So hatte in ihrem ganzen Leben noch nie jemand mit ihr geredet. Aber Ingeborg war noch lange nicht fertig.

„Jetzt denk mal fünf Minuten lang an etwas anderes als deine Schönheit. Denk an deinen Mann und deine Kinder, die bestimmt alles für dich tun werden, wenn sie von deiner Krankheit erfahren. Was glaubst du, wie viele Frauen mit so einer Diagnose ganz allein fertig werden müssen, weil sie schlicht und einfach niemanden haben, der sich um sie kümmert? Du bist in einer privilegierten Situation, selbst mit solch einer Krankheit. Alles was mit Geld zu machen ist, wirst du dir gönnen dürfen. Das einzige, was du jetzt tun musst, ist, dich deiner Krankheit zu stellen. Es ist dir schon klar, dass jeder weitere Tag, den du damit vergeudest, dich in deinem Elend zu suhlen, deine Lage gefährlicher macht. Du kennst doch sicher den Spruch: Wer kämpft, kann verlieren, wer nicht kämpft, hat schon verloren. Und dass du lieber sterben willst, als ohne perfekten Busen rumzulaufen, glaubst du hoffentlich selber nicht. Da wäre nämlich die Überlebensrate bei Frauen mittleren Alters gleich Null. Und lass es dir aus berufenem Munde gesagt sein: Auch wenn man keine Schönheitskönigin ist oder jemals war, kann das Leben durchaus schön sein!"

Ingeborg war nicht sicher, ob dieser raue Ton das Richtige für Karin war. Vielleicht hätte sie doch eher eine mitfühlendere Seele gebraucht. Aber zu ihrer eigenen Überraschung waren Karins Tränen versiegt.

Wortlos und mit starrem Blick suchte sie ihre Taschentücher und sonstigen Utensilien zusammen und verließ den Raum. Ingeborg ging ihr nach. Keine der beiden sagte mehr etwas. Irgendwie war ja auch schon alles gesagt worden, vielleicht sogar zu viel. Hoffentlich macht sie jetzt keine Dummheiten, dachte Ingeborg.

*

23

„Ich brauche das Geld aber!", schrie Stefan seine Mutter an, nachdem sie gerade abgelehnt hatte, ihm weitere 300 Euro zu geben – und das obwohl der Verbleib des im Portemonnaie fehlenden Geldes immer noch nicht geklärt war. Hanna hatte noch nicht den Mut gehabt, diese heikle Frage anzusprechen. Aber das hier war nun wirklich die Höhe.

„Du hast ja keine Ahnung, was sonst passiert!"

„Nein", schrie Hanna zurück, „ich habe wirklich keine Ahnung. Warum erzählst du mir nicht endlich einmal, was mit dir los ist?"

„Was soll schon mit mir los sein? Was glaubst du wohl, wie lange man mit dem mickrigen Taschengeld, das du mir gibst, auskommen kann? Mir steht viel mehr zu. Glaubst du, ich weiß nicht, wie viel du von Papa für mich kriegst? Und dazu noch das ganze Kindergeld!"

„So, und weißt du auch, wie viel Essen und Kleidung kostet, ganz zu schweigen vom Dach überm Kopf?", fuhr Hanna ihn an.

„Wenn du dir das alles nicht leisten kannst, hättest du vielleicht besser kein Kind in die Welt setzen sollen."

„Stefan, wie kannst du so etwas sagen! Weißt du nicht, dass du das Wichtigste auf der Welt für mich bist?"

„Davon merke ich leider nichts. Dein Geld ist dir wohl wichtiger als ich."

Er weiß nicht mehr, was er sagt, dachte Hanna. Das ist nicht mehr der liebe kleine Junge, den ich großgezogen habe.

„Ich frage dich jetzt nochmal: Wofür brauchst du ständig so viel Geld?"

„Das geht dich nichts an."

Hanna erschrak vor dem, was sie in den Augen ihres Sohnes sehen konnte. „Nimmst du Drogen?", fragte sie, direkt und schonungslos. Zum ersten Mal sprach sie aus, was sie schon seit einiger Zeit befürchtete. Sie konnte vor dieser schrecklichen Möglichkeit nicht länger die Augen schließen.

Und da rastete Stefan aus. „Stell nicht so blöde Fragen, du dumme Kuh!", schrie er seine Mutter an und trat nach der Tür. Ein krachendes Geräusch, und das Türblatt war gebrochen. Im nächsten Moment knallte die Haustür, und Stefan war verschwunden.

*

Karin fasste einen Entschluss. Sie griff zum Telefon und wählte.

„Psychotherapeutische Praxis Dr. Brückner. Sie sprechen mit Barbara Knutzen. Was kann ich für Sie tun?"

„Hier Luisa Schmidt. Ich hätte gerne möglichst schnell einen Termin für ein Beratungsgespräch." Zum Glück war ihr Mädchenname nicht besonders ausgefallen, und Luisa war auch nicht direkt gelogen, denn das war ihr zweiter Vorname, von dem aber in Karins ganzem Leben noch nie jemand Gebrauch gemacht hatte.

„Ich könnte Ihnen den 10. Oktober um 15 Uhr anbieten."

10. Oktober – das war noch drei Wochen hin, viel zu spät! „Hören Sie, es ist wirklich sehr dringend. Ich bin privat versichert. Vielleicht geht es ja doch ein bisschen eher."

„Mal sehen… Ich hätte da noch was frei diesen Donnerstag, allerdings abends um 18 Uhr."

„Das passt mir sehr gut, vielen Dank!"

Geschafft! Sie atmete tief durch. Ja, es war richtig, was sie getan hatte. Sie hatte ein Problem, und es war der Beruf ihres Mannes, Menschen mit Problemen zu helfen. Jetzt musste er sich endlich Zeit für sie nehmen.

*

„Hallo, Joachim, ich bin's, Hanna. Ich muss dich dringend sprechen."

„Sag mal, spinnst du?", dröhnte Joachims Stimme aus dem Telefon. „Weißt du eigentlich, wie spät es ist?"

25

„Ich weiß, es ist fast Mitternacht, aber es geht um deinen Sohn."

„Mein Sohn schläft seit Stunden, wie es sich für einen normalen Fünfjährigen gehört."

„Ich rede nicht von Lukas, sondern von Stefan, falls du vergessen hast, dass der auch dein Sohn ist."

„Wie sollte ich das vergessen, bei den Summen, die ich jeden Monat an Unterhalt überweise!"

„Du bist so ein zynisches Arschloch!", rief Hanna. Es ist wie immer, nach drei Sätzen bin ich auf der Palme.

„Wenn du mich beleidigen willst, leg ich jetzt auf", drohte Joachim.

„Nein, nein, es ist wirklich wichtig, sonst hätte ich nicht um diese Zeit angerufen. Ich brauche Hilfe. Ich habe den starken Verdacht, dass Stefan Drogen nimmt."

„Das hast du ja mal wieder toll hingekriegt." Hanna traute ihren Ohren nicht. „Du bist doch die große Pädagogin – und kannst nicht mal deinen eigenen Sohn erziehen."

„Wie kannst du nur so gemein sein!" Hanna war am Boden zerstört, aber auch fest entschlossen, ihren Exmann nicht aus der Verantwortung zu lassen. „Du bist trotz allem sein Vater, und vielleicht hat das alles auch damit zu tun, dass du ihn vor sechs Jahren im Stich gelassen hast."

„Du machst es dir einfach. Hauptsache, den Schwarzen Peter hat ein anderer. Aber komm zur Sache: Was ist denn konkret passiert?"

„Er hat sich in den letzten Wochen stark verändert, ist kaum noch zu Hause, redet nicht mit mir, hat einen enormen Geldbedarf und macht finstere Andeutungen, was passiert, wenn er nicht mehr Geld bekommt. Und als ich mich heute geweigert habe, ihm was zu geben, hat er vor Wut eine Tür eingetreten. Das war vor sechs Stunden, und seither ist er weg."

„Was heißt weg?"

26

„Weg heißt, er ist aus dem Haus gestürmt, und ich weiß nicht, wo er ist und ob ihm was passiert ist."

„Meine Güte, Hanna, der Junge ist volljährig, der kann doch mal eine Nacht woanders verbringen."

„Ich glaube, du hast das Problem nicht erfasst. Es geht nicht darum, dass er zu spät nach Hause kommt. Sein Schulabschluss ist in Gefahr. Er wird das Abitur nicht schaffen in dem Zustand, in dem er ist. Er ist vielleicht drogensüchtig. Wir müssen ihm helfen. Wir sind doch seine Eltern, auch wenn wir geschieden sind."

„Und was soll ich jetzt tun? Mal ganz abgesehen davon, dass ich mich halb tot arbeite, um zwei Familien durchzufüttern –"

„Moment mal, deine Zweitfamilie war ganz allein deine eigene Wahl, und mich fütterst du auf jeden Fall nicht durch. Du zahlst lediglich den gesetzlich vorgeschriebenen Unterhalt für deinen Sohn."

„Unterbrich mich nicht dauernd! Was ich sagen will ist, dass ich weder Zeit noch Geld habe, mich um ein Problem zu kümmern, das nach meiner Zeit entstanden ist. Es gibt für jedes Problem Fachleute. Wende dich doch an die Drogenberatung, dafür sind die da. Was kann ich da schon tun? Ich kenne ihn ja kaum noch, so wenig Kontakt, wie wir in letzter Zeit hatten."

„Soll das jetzt auch meine Schuld sein, dass du von deinem Umgangsrecht nur sporadisch Gebrauch gemacht hast? Und wenn er mal bei euch war, dann kam er immer deprimiert und durcheinander zurück, weil du ihm deutlich zeigen musstest, das du einen neuen Thronfolger hast. Und jetzt ist es dir ja auch völlig egal, dass dein Sohn irgendwo da draußen herumirrt und es ihm vermutlich sauschlecht geht. Hauptsache, dein kleiner Sonnenschein liegt sicher und behütet in seinem Bettchen. Du hast wohl geglaubt, du startest nochmal durch und ziehst dir ein Zweit–Glück an Land. Soll doch hinter dir aufräumen, wer will. Dafür ist die dusslige Alte noch gut genug."

Da geschahen zwei Dinge gleichzeitig. Joachim legte am anderen Ende kommentarlos auf, und in der Haustür drehte sich ein Schlüssel. Hanna war trotz all ihrer Sorge um Stefan und ihrer Wut auf Joachim nur noch erleichtert. Sie wartete, ob Stefan nochmal ins Wohnzimmer kommen würde – er musste ja gesehen haben, dass noch Licht brannte –, aber er ging sofort in sein Zimmer. Doch wenigstens wusste sie jetzt, dass er zu Hause war, wie heil und sicher, darüber wagte sie nicht weiter nachzudenken.

*

„Mein armer Schatz!" Markus Brückner zog seine Frau an sich. „Du hättest mir das sofort erzählen sollen, als du davon erfahren hast. Wir machen jetzt sofort einen Termin bei einem anderen Gynäkologen, um eine zweite Meinung einzuholen. Sollte sich der Verdacht bestätigen, kümmern wir uns um einen schnellen OP–Termin."

„Ich habe solche Angst", gestand Karin, und schon wieder flossen die Tränen, aber diesmal aus Erleichterung, weil sie vor Markus nichts mehr verbergen musste. „Es wird nie mehr so sein, wie es war. Ich – ich werde nicht mehr dieselbe sein, nicht mehr die, die du einmal geheiratet hast."

„Ich bin auch nicht mehr derselbe wie vor 25 Jahren", erwiderte Markus. „Jeder von uns verändert sich täglich. Alles andere wäre ja nicht normal. Und soll ich dir auch mal was verraten? Als wir uns kennengelernt haben, war ich derjenige, der Angst hatte. Wie soll ich es schaffen, dass dieses wunderschöne Mädchen bei mir bleibt, dachte ich damals."

„Wirklich? Das wusste ich nicht. Ich war immer eifersüchtig auf deine Patientinnen, die dich manchmal ganz schön vereinnahmt haben. Das war auch der Grund, warum ich mir einen Termin in deiner Sprechstunde geholt habe. Ich dachte, nur

28

so bekomme ich deine ungeteilte Aufmerksamkeit, nur so darf ich dich mit meinen Problemen belästigen."

„Um Gottes Willen, so hab ich das noch nie gesehen. Aber du weißt schon, dass man gerade als Psychotherapeut die berufliche Distanz sehr ernst nehmen muss. Wenn man sich zu sehr verwickeln lässt, ist man nicht mehr in der Lage, adäquat helfen zu können."

„Ja, das ist mir theoretisch schon klar. Bei uns in der Schule ist es ja ähnlich. Distanz muss sein, um allen Schülern in gleichem Maße gerecht zu werden. Und trotzdem geht mir oft das Schicksal einzelner Schüler näher, als es sollte. Das ist doch in deinem Beruf bestimmt auch so."

„Vielleicht hast du prinzipiell Recht. Trotzdem hat dein Problem für mich einen ganz anderen Stellenwert als alle Probleme, mit denen ich in all meinen Berufsjahren konfrontiert wurde. Was du jetzt durchmachst, das werden wir gemeinsam durchstehen, das verspreche ich dir."

*

Heute war der Tag, an dem sich die „Kaffeetanten" bei Hanna trafen. Zuerst war Hanna sehr in Versuchung gewesen, sich krank zu stellen und alles abzublasen. Was hatte sie mit der Welt der anderen zu tun, einer Welt, in der es Luxusprobleme gab wie nervende Schüler oder doofe Zahnarzttermine? Sie, Hanna, lebte nicht mehr in dieser Welt. Sie war bereits in der Hölle. Nur wussten die anderen davon zum Glück nichts, und so sollte es auch bleiben. Sie wollte sich nicht auch noch für ihr Unglück schämen müssen.

Stefan hatte sich in den letzten Tagen unauffällig verhalten. Wahrscheinlich war er selber ganz schön erschrocken über die zerschmetterte Tür. Hanna hatte das Thema nicht mehr angesprochen. Es herrschte eine Art Waffenstillstand zwischen Mutter und Sohn, aber Hanna rechnete jeden Moment mit dem

Ausbruch erneuter Feindseligkeiten, hoffte inständig, dass es nicht vor den Augen und Ohren ihrer Kolleginnen passieren würde.

Immerhin hatte sie das Problem mit dem Loch in der Tür gelöst. Ganz brutal von zwei Nägeln gehalten, hing ein uralter Wandteppich, den sie in ihrer fernen Jugendzeit selbst gewebt hatte, über der Schadstelle. Sie hatte noch einige von diesen Machwerken im Keller. Vor ihrem geistigen Auge sah sie bereits alle Türen und sichtbaren Wandstellen mit ihnen zugehängt. So ein 18–Jähriger in Rage hatte ein ganz schönes Demolierungspotential.

Der Kaffee war gekocht, der Kuchen gebacken – sogar für Hannas berühmte Eistorte war noch Zeit gewesen –, der Tisch gedeckt, und Stefan war in seinem Zimmer. Sie konnte sich ja zu ihrer eigenen Beruhigung einbilden, er beschäftige sich mit schulischen Aufgaben. Es klingelte. Auf in den Kampf, sagte sie sich, und schraubte ihr Gastgeberinnenlächeln ins Gesicht.

Wie üblich drehten sich die Gespräche um die Schule. Schließlich war die Kaffeerunde aus der Tatsache heraus entstanden, dass alle Anwesenden eine Fremdsprache unterrichteten. Die rege Zusammenarbeit hatte viele Vorteile, und irgendwann hatte man angefangen, sich auch privat zu treffen. Innerhalb des Kollegiums waren sie eine starke Gruppe, die ihre Interessen in der Regel geschlossen vertreten konnte.

Ebenfalls wie üblich rückte Veronika schon bald ihre Bilderbuchfamilie in den Mittelpunkt und gab hemmungslos mit ihren beiden Wundersöhnchen an. Dass sie mit zehn Monaten laufen, mit einem Jahr unfallfrei aufs Klo gehen und mit anderthalb gepflegt Konversation – zweisprachig, wohlbemerkt! – machen konnten, wussten alle längst. Schließlich hatten sie ja inzwischen schon ein gutes Stück ihrer glorreichen Gymnasiallaufbahn hinter sich. Heute ging es zur Abwechslung mal um die Notwendigkeit von Kindersegen für eine erfüllte weibliche Biografie.

„Ich könnte mir mein Leben ohne meine Kinder nicht mehr vorstellen", tönte sie. „Schließlich sind Kinder unsere Verbindung zur Ewigkeit. Stellt euch mal vor, ihr sterbt eines Tages, und dann ist nichts mehr von euch da."

„Das stimmt doch nicht, Veronika", warf Karin ein. „Jeder, der nicht gerade als Einsiedler lebt, hinterlässt Spuren. Natürlich ist es schön, Kinder zu haben, aber du musst jetzt ja nicht so tun, als hätte jeder, der kinderlos stirbt, vergeblich gelebt."

„So hab ich das ja nicht gesagt. Ich meine ja nur, es ist so etwas Großartiges, Kinder zur Welt zu bringen, das ist so... ja, wie soll ich sagen... so schöpferisch! Mir tun alle Frauen leid, denen dieses Erlebnis versagt bleibt... oder die es sich selbst versagen."

„Mit andern Worten", legte Ingeborg los, „ich hab's also versiebt." Wenn sie wütend war, konnte Ingeborg verbal ganz schön entgleisen. Da war nicht mehr viel zu merken von germanistischem Feingeist! „Du kannst ruhig ganz offen reden, liebe Veronika. Ich kenn die ganze Leier rauf und runter: Biologische Uhr, tick–tack, tick–tack, Wechseljahre und rumms, aus die Maus! Und deswegen bin ich jetzt keine vollwertige Frau? Ich will dir mal was sagen: Kinder zu kriegen ist weiß Gott nichts Besonderes, das kann schließlich jedes Tier."

„Sei doch nicht gleich so ordinär. Als hätte ich dich angegriffen! Ich wollte doch nur sagen, wie schade ich es finde, wenn Frauen ihre besten Jahre verstreichen lassen, anstatt Chancen zu ergreifen, die vielleicht bald unwiderruflich dahin sind."

Ingeborg war noch immer in voller Fahrt: „Überlass es doch bitte jeder einzelnen Frau zu entscheiden, was sie mit ihrem Leben machen will! Vielleicht will ja gar nicht jede diese tollen unwiderruflichen Chancen ergreifen. Und was ist mit all den

Frauen, die gerne Kinder hätten, aber bei denen es nicht klappen will? Musst du denen auch die biologische Uhr ans Ohr halten?"

Das war der Moment, als Lisa aufstand und wortlos den Raum verließ. Erschrockene Stille kehrte kurz ein. „Das hast jetzt aber du verbockt", zischte Veronika Ingeborg an.

Hanna folgte der jüngeren Kollegin. Lisa stand in der Küche am Fenster. Ihre bebenden Schultern signalisierten, dass sie um Fassung rang. Hanna schloss die Tür und stellte sich neben Lisa.

„Nimm Veronika nicht so ernst", sagte sie leise. „Du weißt doch wie sie ist."

„Ich kann diese Frau manchmal nicht mehr ertragen", flüsterte Lisa. „Ständig macht sie solche Bemerkungen in meiner Hörweite. Dabei hat sie keine Ahnung, sie geht einfach davon aus, dass jede so ein Muttertier sein muss."

„Weißt du", Hanna senkte die Stimme noch mehr. „So toll ist das auch nicht immer, Kinder großzuziehen. Die können auch ganz schön Probleme machen. Ich möchte nicht wissen, wie viele dieser hochgerühmten erfüllten Muttergestalten manchmal kinderlose Frauen direkt beneiden. Zugeben würde das natürlich nie eine. Passt ja auch nicht in die politisch korrekte Version. Ich bin in Veronikas Augen auch so eine Art Versagerin, geschieden, alleinerziehende Mutter – sowas könnte unserer Veronika natürlich nie passieren. Die lauert ja nur darauf, dass bei unsereinem was schiefgeht."

Die beiden Frauen blickten schweigend in den sonnigen Spätsommertag hinaus und hingen ihren Gedanken nach.

„Danke, Hanna", sagte Lisa nach einer Weile. „Du bist sehr einfühlsam und verständnisvoll. Wenn sie bloß alle so wären wie du!"

Hanna lächelte traurig. „Das hast du schön gesagt. Meinst du, es geht wieder? Sollen wir wieder zu den anderen? Komm, wir bringen nochmal Nachschub. Nimm du die Kaffeekanne, ich nehm schon mal die Likörgläser."

Im Wohnzimmer hatte sich die Lage etwas entspannt. Man war auch mittlerweile bei unverfänglicheren Themen, bis Karin plötzlich sagte:

„Ihr werdet mich wohl in nächster Zeit länger vertreten müssen. Ich muss mich einer Operation unterziehen."

Sofort waren alle aufmerksam und besorgt: „Du Arme! … Wie schrecklich! … Was hast du? …" Die Fragen schwirrten durcheinander. Karin antwortete zu Ingeborgs Überraschung ganz ruhig und gefasst.

„Ich weiß schon eine ganze Weile, dass ich Brustkrebs habe, wollte aber mit niemandem darüber sprechen und mich auch nicht operieren lassen. Aber da hat mir Ingeborg – die hat das nämlich durch einen dummen Zufall mitgekriegt – den Kopf zurechtgerückt. Ingeborg, du glaubst gar nicht, wie dankbar ich dir bin. Seit dem Gespräch mit dir ist mir so vieles klar geworden. Man kann Probleme nicht davonlaufen, indem man sie verschweigt oder gar ignoriert. In meinem Fall wäre das sogar lebensgefährlich. Ihr glaubt gar nicht, wie dumm ich war."

„Dann war das gar nicht der Zahnarzt, vor dem du Angst hattest", fragte Hanna, „weißt du, neulich, als wir uns über unsere schlimmsten Probleme unterhielten?"

„Nein, das war der Termin bei meiner Gynäkologin. Ich hab mich von der Zumutung, meine tiefsten Sorgen offen zu legen, so überrumpelt gefühlt, dass mir auf die Schnelle nichts anderes eingefallen ist. Wenn ihr so wollt, kann man sagen, ich habe euch angelogen."

Da warst du mit Sicherheit nicht die einzige, dachte Hanna. Laut sagte sie: „Das war dein gutes Recht! Niemand kann dich zwingen, über Dinge zu reden, die du für dich behalten willst. Aber davon abgesehen, warum tun sich Leute bloß so schwer, über ihre Probleme zu reden? Warum meint immer jeder, er müsste alles mit sich selber abmachen? Ist es, weil man die andern schonen will?"

„Nein, ich glaube nicht", antwortete Lisa. „Der tiefere Grund ist wahrscheinlich, dass man sich vor dem Mitleid der andern fürchtet. Mitleid wirkt so herablassend, so in der Art: Du armes Hascherl, bin ich froh, dass ich dein Problem nicht habe."

„Oder man fühlt sich als Versager, weil man ein Problem hat", fügte Ingeborg zu. „Selbst wenn man eine Situation subjektiv gar nicht so schlimm empfindet, kann es sein, dass andere über einen die Nase rümpfen, weil man in einem bestimmten Punkt anders lebt als sie – und dann fühlt man sich plötzlich selber so."

„Ich finde es jedenfalls mutig und tapfer, wie du mit deiner Krankheit umgehst." Das kam von Hanna. „Gibt es etwas, das wir in dieser Situation für dich tun können?"

„Es hat mir schon sehr geholfen, dass ich es euch erzählen konnte. Ich fühle mich jetzt nicht mehr so allein. Denkt an mich, wenn ich im OP liege, das gibt mir positive Energie. Und ich weiß nicht, wie es mir gehen wird, wenn ich alles hinter mir habe. Bestimmt ist es gut, wenn ich dann mit euch reden kann, wenn ihr euch Zeit für mich nehmt."

„Du kannst fest auf uns zählen!"

*

Hanna saß an ihrem Schreibtisch und arbeitete sich durch einen Stapel Französischklausuren durch. Stefan war weggegangen. Er hatte mal wieder ohne zu fragen Hannas Auto genommen. Ich muss den Schlüssel vor ihm verstecken, dachte Hanna. Alles muss ich verstecken, was er zu Geld machen könnte. Mein eigenes Kind! Sie hatte sich sogar angewöhnt, ihr Arbeitszimmer abzuschließen, damit er nicht an ihren Computer konnte. Hanna war inzwischen so weit, dass sie ihm sogar zutraute, für ein paar Euro ihre Klassenarbeiten inklusive Lösungsbogen an ihre Schüler zu verkaufen. Nicht auszudenken, was so eine Aktion für Konsequenzen haben könnte, nicht nur für Stefan, sondern auch ihre eigene berufliche Karriere wäre in allergrößter Gefahr.

Auf jeden Fall war sie froh, dass es ihr immerhin noch ganz gut gelang, durch konzentriertes Arbeiten ihr Problem vorübergehend in den Hintergrund zu drängen und zeitweise noch ein Gefühl von Normalität zu haben, obwohl sie ganz genau wusste, dass sie auf einem Pulverfass saß, das jederzeit hochgehen konnte.

Es klingelte. Vor der Tür stand Lisa. „Entschuldige, dass ich dich einfach so überfalle. Hast du ein bisschen Zeit für mich?"

„Natürlich, komm rein. Magst du einen Kaffee oder einen Tee?"

„Tee wäre schön, danke."

Als die beiden Frauen es sich mit ihren Teetassen gemütlich gemacht hatten, sagte Lisa: „Ich hab nachgedacht über das, worüber wir gestern gesprochen haben, nachdem Karin uns von ihrem Brustkrebs erzählt hat. Ich habe euch auch nicht die Wahrheit erzählt, als es um unsere schlimmsten Probleme ging. Aber ich möchte nicht, dass alle davon wissen. Ich habe vor Jahren etwas getan, womit ich nicht fertig werde, und ich möchte es dir erzählen, weil ich dir vertraue."

Und dann brach die ganze Geschichte aus Lisa heraus: Wie sie als Austauschschülerin in den USA zum ersten Mal im Leben ein Gefühl von Freiheit bekam, weil sie der erstickenden Atmosphäre ihres Elternhauses entkommen war. Wie glücklich sie war, als sie gleich am Anfang Tony kennenlernte, in den sie sich prompt verliebte, so sehr verliebte, dass sie alles vergaß, wovor ihre Mutter sie ständig gewarnt hatte – und dann der Schock, als ein paar Wochen später ihre Periode ausblieb und sie verstand, dass sie schwanger war.

„Ich habe mich so sehr geschämt, dass ich es niemandem erzählen konnte. Meine Gastmutter hat es dann gemerkt, als ich mich jeden Morgen übergeben musste. Da ich noch minderjährig war, wollte sie meine Eltern informieren. Ich habe sie angefleht, das nicht zu tun. Ich dachte damals, ich könnte ihnen nie mehr unter die Augen treten. Du kannst dir nicht vorstellen, wie bigott und prüde meine Eltern waren."

„Und was war mit diesem – wie hieß er noch? – Tony?"

„Der war ja auch erst 17. Als ich es ihm erzählte, ist er sofort zu seinen Eltern gelaufen. Die haben ihm wohl zuerst geraten, seine Vaterschaft abzustreiten. Sie haben mich als Flittchen dargestellt, das es mit jedem treibt. Für sie war das Wichtigste, dass ihr kostbarer Sohn sich nicht die Zukunft versaut. Als meine Gasteltern ihnen klar machten, dass er so leicht da nicht rauskommen würde, haben sie angeboten, mir einen Abbruch zu bezahlen, obwohl es zu dem Zeitpunkt dafür fast schon zu spät war."

Für Lisa kam ein Abbruch nicht in Frage. Das war so ziemlich das einzige, das sie mit Bestimmtheit sagen konnte. Zum Glück standen ihre Gasteltern in diesem Punkt auf ihrer Seite. Für sie war Abtreibung Mord. Für Tonys Eltern zwar auch, aber im Interesse ihres Sohnes hätten sie, ohne mit der Wimper zu zucken, zugelassen, dass ihr potentielles Enkelkind gar nicht erst zur Welt kommen durfte. Die „Mörderin" wäre ja in diesem Falle auch nicht Tony, sondern Lisa gewesen. Andererseits war es auch undenkbar, dass Lisa aus dem Auslandsschuljahr mit einem Baby zurückkommen würde. Da blieb nur noch eine einzige Möglichkeit.

„Ich blieb in meiner Gastfamilie, ging zur Schule, solange es noch möglich war, und brachte, ironischerweise pünktlich zum Independence Day, am 4. Juli mein Kind zur Welt. Es war ein Mädchen, und ich durfte es noch nicht mal sehen."

Lisa weinte. Hanna wartete, bis sie sich wieder beruhigt hatte.

„Was ist mit dem Kind passiert?", fragte sie behutsam.

„Mein Gastvater war Anwalt, und er hatte schon lange vor der Geburt Adoptiveltern gefunden. Bedingung war, dass das Kind sofort nach der Entbindung zu diesen Leuten gebracht wurde. Ich musste ein Papier unterschreiben, auf dem ich auf alle Ansprüche als leibliche Mutter verzichtete. Ich fühlte mich unter Druck von allen Seiten, so schuldig, so unzureichend. Ich habe mir wirklich einreden lassen, dass es für das Kind so am besten sei."

„Wie hast du dich danach gefühlt?"

„Ich hatte erwartet, ich würde erleichtert sein. Aber so war es gar nicht. Da war so eine unendliche Leere. Heute weiß ich, das war eine tiefe Depression. Aber dann wollten meine Gasteltern wieder meine Eltern informieren weil ich nur noch apathisch rumsaß. Die Angst davor, wie ich meinen Eltern meinen elenden Zustand würde erklären müssen, riss mich zurück ins Leben. Irgendwie machte ich einfach da weiter, wo ich vor der Schwangerschaft stehen geblieben war. Ich wurde in diesen letzten Wochen in den Staaten zu einer Meisterin der Verdrängung."

„Und wie ging es dann zu Hause weiter?"

„Ich spielte weiterhin die brave Tochter, machte die Schule zu Ende, und nach dem Abitur sah ich zu, dass ich von meinen Eltern und ihrer überbehütenden Art weg kam. Ich studierte Englisch und Erdkunde, damit sich das Jahr in Amerika wenigstens gelohnt haben würde. Ich beschloss, nach vorne zu schauen und das, was ich in Amerika erlebt hatte, einfach zu vergessen."

„Aber es hat nicht so funktioniert."

„Nein, es hat gar nicht funktioniert. Ich konnte keine Babys, keine kleinen Mädchen sehen, ohne immer gleich zu denken: Meine Tochter ist jetzt so alt wie dieses Kind, aber ich weiß gar nichts über sie und wie es ihr geht. Dann hoffe ich, dass sie in eine liebevolle Familie gekommen ist, die ihr einen guten Start ins

Leben bietet. Es gibt aber auch rabenschwarze Momente, in denen ich mir vorstelle, dass sie vernachlässigt wird, vielleicht sogar misshandelt oder gar missbraucht. Das kann ich nicht aushalten, das macht mich richtig fertig. Sie ist jetzt zwölf. Seit zwei Jahren habe ich ständig Schüler vor mir sitzen, die genau im Alter meiner Tochter sind. Die zu Hause gehätschelt und verwöhnt werden. Die mit jedem Problem zu Mami und Papi rennen. Die geliebt und getröstet werden. Und meine?"

„Und mit deinem Mann hast du wirklich noch gar nie darüber gesprochen?"

„Nein. Piet hält mich für ein Sensibelchen mit meinen ständigen Magenschmerzen. Er ist sehr geduldig mit mir. Einen so kaltschnäuzigen Typen wie Tony und seine ganze Umgebung hätte ich nie heiraten können. Aber manchmal bin ich versucht, ihm alles zu erzählen. Ich habe nur furchtbare Angst, dass er mich danach für ein Monster hält. Mal ganz ehrlich, eine Mutter, die ihr Kind weggibt, ohne es auch nur einmal angesehen zu haben, so was kann man doch nicht lieben!"

„Vielleicht unterschätzt du deinen Mann da aber gewaltig. Kann es nicht auch sein, dass Offenheit für euch beide eine große Erleichterung wäre?"

„Ich will auf keinen Fall riskieren, ihn zu verlieren. Weißt du, als ich Piet kennengelernt habe, hatte ich zum ersten Mal das Gefühl, das Schicksal habe mir verziehen. Ich dachte, ich bekomme eine zweite Chance, ein Kind, bei dem ich alles richtig machen darf. Aber es klappt einfach nicht. Für Piet ist es nicht einfach zu akzeptieren, dass er vielleicht nie Vater werden kann. Wenn er die ganze Geschichte erfährt, gibt er mir die Schuld und lässt mich fallen wie das Stück Dreck, das ich ja auch bin."

„Um Gottes Willen, Lisa, das kann doch nicht dein Ernst sein. Du warst doch fast noch ein Kind, als das alles passiert ist. Niemand, der bei klarem Verstand ist, wird dir heute daraus einen Strick drehen. Nein, nein, ich glaube viel eher, dass du nicht schwanger wirst, obwohl du es offensichtlich gerne willst, liegt daran, dass dich die Vergangenheit zu stark belastet und du dadurch zu verkrampft bist."

„Wie soll ich denn nicht verkrampft sein mit dieser Belastung?" Lisa starrte blicklos vor sich hin und zerknüllte ein Taschentuch nach dem anderen. Hanna hielt ihre Hände fest und sagte:

„Vergiss mal alles, was mit Reaktionen anderer zu tun hat. Frag dich einfach einmal, was du selber im tiefsten Inneren gerne tun würdest."

„Ich möchte mein Kind wieder haben!"

„Das ist sicher sehr schwierig zu erreichen. Was wäre denn deine nächste Option?"

„Ich möchte wissen, ob es ihr gut geht. Ich will herausfinden, wer sie adoptiert hat, und dann sehen, wie die Leute mit ihr umgehen. Und wenn ich feststelle, dass sie schlecht behandelt wird, dann werde ich Mittel und Wege suchen, sie dort weg zu holen."

Hanna überlegte. „Du hast gesagt, dass dein Gastvater die Adoption in die Wege geleitet hat. Also müsste man dort ansetzen. Vielleicht war ja auch das Papier, das du unterschreiben musstest, gar nicht rechtsgültig, wer weiß."

In Lisas Augen war eine Andeutung von Lebhaftigkeit zu sehen. „Meinst du wirklich, dass ich etwas tun kann?"

„Natürlich, du sollst sogar etwas tun, denn so wie es jetzt steht, findest du keine Ruhe. Aber ich finde auch, dass dein erster Schritt sein sollte, mit deinem Mann darüber zu sprechen. Falls er – was ich nicht glaube, so wie ich ihn kenne – dir das alles so übel nimmt, dass eure Ehe daran zerbricht, dann ist es vermutlich immer noch weniger schlimm, als wenn alles so ungeklärt weiter läuft. Um es mal ganz drastisch auszudrücken: Dann ist er nicht der Richtige für einen Menschen mit deinem Problem."

„Oh, Hanna, so wie du darüber sprichst, kommt mir alles nicht mehr so aussichtslos vor. Das Schlimmste ist nämlich, da zu sitzen und wie gelähmt sein und nichts tun können. Hoffentlich finde ich bald den Mut, mit Piet zu sprechen."

An der Tür umarmten sich die beiden Frauen. „Ich wünsche dir alles Gute!", sagte Hanna.

*

Kann ich mir diesen Vorgang nochmal genauer ansehen?", fragte Celina und zeigte Dr. Werner Johannsen die Akte, die sie gerade aus dem Schrank geholt hatte.

„Aber selbstverständlich", antwortete er und sah seiner Praktikantin zufrieden nach, als sie sein Büro verließ. Das Gör ist nicht nur bildhübsch, dachte er, sie hat auch noch ein helles Köpfchen und zeigt Interesse und Initiative. Außerdem ist sie absolut zuverlässig und vertrauenswürdig. Aus ihr wird bestimmt mal eine glänzende Juristin. Wenn sie für ihre Mandanten auch mal so raffiniert mit allen Tricks kämpft, wie sie es in eigener Sache getan hat, dann können sich alle glücklich schätzen, die einmal von ihr vertreten werden.

Ich bin so froh, dass sie in mein Leben getreten ist. Ich hatte ja keine Ahnung, was mir alles entgangen ist. Aber noch ist es nicht zu spät. Es gibt Dinge, die kann man auch in meinem Alter noch nachholen. Sie hat es verdient, dass ich mich um sie kümmere.

Es wird Zeit, mit Veronika zu reden. Wenn ich das bloß schon hinter mir hätte. Ich wüsste gerne, wie viel sie schon ahnt. Sie kommt mir ein bisschen nervös vor in letzter Zeit. Sie hat ja schon öfter hinter mir her geschnüffelt, aber als kluge Ehefrau, die ihre Pfründe nicht gefährden will, hat sie trotz allem immer lieber die Unwissende gespielt. Bloß keine schlafenden Hunde wecken, ist ihre Devise. Solange die Hunde nicht in ihrem eigenen Bett schlafen wollen. Gar nicht mal so verkehrt, diese

Einstellung. Erspart allen Seiten jede Menge Ärger. War auch für mich immer ganz praktisch.

Doch diesmal ist es anders, oh ja! Das wird ihr überhaupt nicht gefallen. Celina wird sie nicht ignorieren können, und im Gegensatz zu mir ist ihr noch nie egal gewesen, was die Leute reden. Das ist wahrscheinlich sowieso das Schlimmste daran, mal abgesehen von eventuellen finanziellen Konsequenzen.

Veronika wird ihre Krallen bis zum Anschlag ausfahren, denn was sie einmal hat, gibt sie nicht kampflos wieder her. Die Frage ist nur: Wird sie Celina gewachsen sein?

*

Als Ingeborg nach Hause kam, war Mutti in Hotelprospekte vertieft. Weit davon entfernt, froh zu sein, dass ihre Mutter aus eigenem Antrieb in die Stadt gegangen war und aus dem Reisebüro Prospekte geholt hatte, wurde Ingeborg eher misstrauisch. Wenn sie mich wieder dazu überreden will, mit ihr in so ein blödes Wellnesshotel für Mumien zu fahren, platzt die Bombe heute Abend. Jetzt bin ich gerade in der richtigen Stimmung, Klartext zu reden, ohne Rücksicht auf Verluste. Manchmal hat Veronikas blödes Gerede auch noch einen positiven Nebeneffekt, wenn auch völlig unbeabsichtigt.

Und schon ging es los: „Schau mal hier, Kind", fing Mutti an.

„Sag nicht immer Kind zu mir", fuhr Ingeborg ihr über den Mund. „Ich bin, wie du weißt, schon ziemlich lange volljährig."

„Sei doch nicht schon wieder so gereizt", gab Mutti zurück. „Diese Kaffeenachmittage mit deinen Kolleginnen scheinen dir nicht gut zu tun. Schau mal her, ich suche uns gerade ein schönes Hotel für die Woche über Neujahr, damit du mal richtig entspannen kannst. An Weihnachten sind wir ja wieder bei Greta eingeladen. Wie nett von ihr, dass sie uns immer einlädt, wo sie doch mit ihrer eigenen Familie schon mehr als genug Arbeit hat."

„Weißt du was, Mutti? Für mich muss sich Greta nicht aufopfern. Dieses Jahr fährst du zu Greta, hilfst ihr, deine unverschämten Enkel zu ertragen und machst nach der Bescherung die Küche sauber – ohne mich. Ich werde mir zur Abwechslung mal einen gediegenen Singleurlaub gönnen, fern von deinem gutsituierten Schwiegersohn, der mir jedes Mal um die Ohren knallt, was für eine bedauernswerte alte Jungfer ich bin, oder – wahlweise – wie faul die Lehrer alle sind, anstatt für seine hart erarbeiteten Steuergelder ordentliche Leistung zu bringen."

Mutti setzte nach bewährter Art ihre resignierte Leidensmiene auf. „Schade, dass du deiner Schwester ihr Glück nicht gönnen kannst. Du warst ja schon immer neidisch auf Greta, selbst als Kind. Sie kann doch nichts dafür, dass es bei dir nicht geklappt hat mit dem Heiraten. Ich hatte mir so gewünscht, dich auch gut versorgt zu sehen."

„In was für einer Zeit lebst du denn? Ich bin gut versorgt, dafür brauch ich doch keinen angetrauten Ehemann. Bei mir ging es nie ums ‚Versorgtsein'. Außerdem, bei wem würdest du denn jetzt wohnen, wenn ich auch wie Greta eine Familie hätte, die mich voll mit Beschlag belegt. Sei endlich mal ehrlich zu dir selber: Für dich ist es doch praktisch, dass ich allein lebe. Dann wirf mir diesen Zustand nicht ständig vor, als hätte ich versagt."

Mutti bekam wieder diesen tiefgründigen Blick, der besagte, dass sie, Ingeborg, leider keine Ahnung hatte, wie die Dinge denn nun wirklich lagen. Aber dieses Mal sollte sie damit nicht so einfach davonkommen.

„Oder gibt es sonst noch etwas, das du mir sagen möchtest? Du scheinst dich ja nicht besonders wohl zu fühlen in meiner Gesellschaft."

„Nun ja", gab Mutti zu, „ganz so ideal ist es natürlich nicht. Wir leben hier auf ziemlich engem Raum zusammen, weil du ja nicht zu mir in unser großes Haus ziehen wolltest. Du hättest dort sicher auch eine Stelle bekommen. Lehrer werden ja immer gebraucht."

„Du meinst also, ich hätte hier alles aufgeben sollen, meine Wohnung, mein berufliches Umfeld, meine sozialen Kontakte. Findest du nicht, dass das ein bisschen viel verlangt ist?"

„Siehst du, jetzt hast du schon wieder deine ständige schlechte Laune, statt dass ich mich mal freuen könnte, nicht so viel allein zu sein. Und jetzt willst du mich auch noch an Weihnachten alleine lassen."

„Was ist denn daran so schlimm, dass du mal ohne mich zu deiner gelungenen Lieblingstochter Greta fährst? Sei doch froh, dass du meine ‚ständige schlechte Laune' mal nicht ertragen musst. Vielleicht wäre es sowieso an der Zeit, unser Arrangement neu zu überdenken. Du bist nicht zufrieden, und ich finde es auch nicht so toll."

Muttis Alarmglocken schrillten in den höchsten Tönen. Jetzt bloß keine falsche Bemerkung, sonst wäre Ingeborg womöglich fähig, sich noch im Recht zu fühlen. Da half nur noch eines: Sie erhob sich schwerfällig und zitternd aus ihrem Sessel und flüsterte mit schwacher Stimme: „Mir geht es gar nicht gut. Die Aufregungen sind zu viel für mich. Kannst du mich bitte in mein Zimmer bringen?"

Und das war's dann erst mal wieder mit Ingeborgs geplanter Revolte. Eine schwache alte Frau kann man ja nicht rauswerfen, auch wenn sie einen mit ihrer Krankheit im stählernen Würgegriff hielt.

Es war das alte Spielchen: Ingeborg fühlte sich schlecht, weil sie mal wieder an ihren Ketten gerüttelt hatte. Niemand wusste so richtig, ob und wie krank Mutti tatsächlich war. Nicht auszudenken, wenn sie wirklich mal einen Herzanfall bekommen würde. Sie, Ingeborg, wäre in diesem Fall für alles verantwortlich.

Sie half ihrer Mutter, sich auf ihrem Bett auszustrecken. „Soll ich dir was zu essen bringen? Vielleicht ein Süppchen?"

„Nein, lass nur, mir ist so schlecht. Ich kann jetzt nichts essen. Ich brauche nur ein bisschen Ruhe."

Auch Ingeborg war der Appetit vergangen. Schon lange war ihr nicht mehr so klar gewesen, wie sehr sie in der Falle saß. Als ihre Mutter bei ihr eingezogen war, hatte sie sich zunächst großzügig gefühlt. Ihre Geschwister waren sehr erleichtert über die elegante Lösung und äußerten sich auch ein paarmal in diesem Sinne. Mutti war die ersten Tage sehr dankbar. Ingeborg war eben doch ihre Beste, wie gut, dass es Ingeborg gab, bei Ingeborg konnte sich Mutti geborgen fühlen und so weiter.

Der Umzug war in die Sommerferien gefallen, und Ingeborg hatte reichlich Zeit, es ihrer Mutter gemütlich zu machen. Als dann der Alltag wieder einkehrte und Ingeborg ihrem Beruf nachgehen musste, fing so ganz allmählich die Nörgelei an. Mutti fühlte sich vernachlässigt, redete sehr abfällig über Ingeborgs Arbeit in der Schule und weigerte sich, alleine aus dem Haus zu gehen, um sich beispielsweise einem Seniorenkreis anzuschließen. Ingeborg musste sie die ersten Wochen dorthin begleiten. Es war schlimmer als mit einem Kindergartenkind.

Und dann die Ferien. Bisher war Ingeborg immer viel gereist. Es gab genügend Leute in ihrem Freundeskreis, mit denen sie etwas unternehmen konnte. Aber jetzt hieß die wichtigste Frage: Wohin mit Mutti? Greta mit ihren schulpflichtigen Kindern konnte Mutti speziell zu Ferienzeiten überhaupt nicht brauchen, da sie sich ja gerade dann besonders viel um ihren Nachwuchs kümmern musste. Schwägerin Miriam lachte lauthals bei dem Ansinnen, dass Mutti mal zwei Wochen oder so zu ihr kommen könnte. Das kam ja wohl schon gar nicht in Frage, wo sie sich doch mit ihrer Schwiegermutter überhaupt nicht verstand. Also suchte sich Ingeborg Urlaubsziele aus, die auch für eine zarte Mittsechzigerin geeignet waren.

Aber der Frust wuchs und wuchs. Und mittlerweile wusste Ingeborg auch, dass sie sich aufopfern konnte, soviel sie wollte,

44

für ihre Mutter wäre es nie genug. Wenn Ingeborg sich, so wie jetzt eben, erlaubte, einen ehrlichen Blick auf ihre Lebensumstände zu werfen, erschrak sie zutiefst. Ihr Kopf, ihr Herz, ihr Magen – alles war randvoll mit Aggression. Es brodelte und zischte. Sie hatte kaum noch Energie, den Deckel auf dieser explosiven Mischung zu halten. Der Preis, den sie schon jahrelang dafür bezahlte, in anerzogener christlicher Weise ihrer Mutter eine gute Tochter zu sein, war einfach zu hoch. Wo war die andere Tochter, wo waren die Söhne? Die waren doch auch alle christlich erzogen worden. Aber richtig, die hatten ihre eigenen Familien. Das hatte die arme Ingeborg ja nicht geschafft. Wie schön, dass sie wenigstens die Mutter ganz für sich haben durfte!

*

Veronika saß vor dem Fernseher und sah Commissario Brunetti bei der Verbrecherjagd durch Venedigs Kanäle zu, als Werner hereinkam. „Ich muss mit dir reden. Oder stör ich dich gerade?", fragte er.

„Aber nein", antwortete sie und schaltete den Apparat aus. Oh lala, dachte sie, das hört sich aber ernst an. „Worum geht es?"

„Wie soll ich anfangen? Du hast ja vielleicht schon mitbekommen, wir haben eine Praktikantin in unserer Kanzlei."

„Ja, ich weiß. Celina. Soll ein sehr begabtes Mädchen sein, nach allem, was man so hört."

„Das ist sie in der Tat, und für mich ein sehr wichtiger Mensch."

Veronika richtete sich kerzengerade auf. „Das darf doch wohl nicht wahr sein", sagte sie mit eisiger Stimme. „Ich weiß ja, dass du kein Heiliger bist, und habe bisher immer weggesehen, wenn du deine kleinen Abenteuer hattest – aber so ein junges Ding! Geht das nicht ein bisschen gegen den guten Geschmack?"

„Du weißt ja gar nicht, wovon du redest!", brauste er auf.

„Doch, ich bin doch nicht blind, auch wenn ich manchmal so tue, als wäre ich es. Schon dass du mir von ihr erzählst, ist sowas von daneben. Sieh zu, dass du die Sache beendest, und dann vergessen wir es, so wie all die Male davor."

„Veronika, das ist nicht eine Sache, die man so einfach beendet. Ob du es willst oder nicht, Celina wird ihren Platz in meiner Familie haben."

„Du bist ja völlig verrückt geworden. Du kannst doch nicht 17 Jahre Ehe einfach so aufs Spiel setzen. Gerade du als Anwalt müsstest doch wissen, dass dich ein solcher Schritt ruiniert. Du glaubst doch nicht, ich schaue tatenlos zu, wie du eine Zweitfamilie gründest und unsere Söhne um all das bringst, was ihnen zusteht? Von meinem Lebensstandard mal ganz abgesehen."

„Also daher weht der Wind. Das ist das einzige, was dich zu interessieren scheint: Geld, Geld und nochmal Geld! Ich kann ruhig verschwinden, ich kann ruhig Affären haben, Hauptsache Veronika kann weiterhin ihr Schickimickileben führen und ihre Söhne standesgemäß und ohne finanzielle Engpässe vollends großziehen."

„Schrei nicht so, die beiden müssen ja nicht unbedingt alles mitkriegen. Und stell mich jetzt nicht als die Schuldige hin. Sei lieber froh, dass ich keine Heulkrämpfe kriege, weil du gerade mein Leben in Stücke haust."

„Abgesehen davon, dass du immer noch keine Ahnung hast, worum es wirklich geht, hätte ich so etwas wie Heulkrämpfe für eine normalere Reaktion gehalten. Du bist ja wirklich so eiskalt, dass mich fröstelt, wenn ich dir weiter zuhöre. Ich komm mir vor wie dein Goldesel, mit Betonung auf Esel. Wann hast du eigentlich aufgehört, mich als Mensch wahrzunehmen? Warum hast du mich überhaupt geheiratet? Weil ich auf der Karriereleiter schon ein Stück hochgeklettert war, als wir uns kennengelernt haben?"

46

„Du hast keinen Grund, dich zu beklagen. Immerhin habe ich dir immer den Rücken frei gehalten und dich mit familiären Problemen verschont. Wenn ich dir bei jedem Ausrutscher die Hölle heiß gemacht hätte, wärst du beruflich wahrscheinlich nicht so weit gekommen."

„Beruflich! Und wo bin ich die ganze Zeit als Privatperson geblieben? Aber was rede ich da, im Grunde weiß ich es ja schon lange, was dich an mir nur noch interessiert. Du wolltest schon immer nur reich sein, und jetzt ist deine Hauptangst, Celina könnte dir und deinen Söhnen etwas Materielles wegnehmen. Aber das darfst du mir glauben: Celina wird in jeder Hinsicht nicht schlechter gestellt werden als Phil und Nick!"

Damit rauschte Werner wutentbrannt aus dem Raum und ließ Veronika ebenso wütend zurück.

*

Ingeborg hatte eine furchtbare Nacht hinter sich. Von Schuldgefühlen geplagt und von Aggression geschüttelt, wusste sie am Morgen nur eines mit Sicherheit: Es musste sich in ihrem Leben etwas Entscheidendes ändern, sonst würde sie immer tiefer in dieses endlose schwarze Loch fallen, um das sie sich in immer enger werdenden Kreisen drehte. Sie machte sich einen starken Kaffee, um halbwegs für ihren Unterricht fit zu sein. Am liebsten wäre sie heute zu Hause geblieben, aber die Aussicht auf einen Vormittag mit Mutti allein, ihren Vorwürfen und Ansprüchen ausgeliefert, schien ihr weit weniger verlockend, als im Kreise ihrer Kollegen und Schüler ihr privates Elend eine Weile verdrängen zu dürfen.

Als sie mittags nach Hause kam, lag Mutti im Morgenrock mit gewohnter Leidensmiene auf der Wohnzimmercouch. Ingeborg biss die Zähne zusammen und blieb hart, zumal sie nach einem Blick in den Kühlschrank gleich wusste, dass Mutti zumindest nicht an Hunger sterben würde. Der Räucherlachs war weg, vom Früchtejoghurt war noch ein kleiner Rest übrig, und die Küche roch nach Spiegeleiern mit Speck – auch wenn die Pfanne schon wieder gespült und weggeräumt war. Für wie blöd hält sie mich eigentlich, fragte sich Ingeborg und gab sich auch gleich die Antwort: Offensichtlich für ein bisschen blöder als ich tatsächlich bin. Wenn sie Krieg haben will, soll sie ihn bekommen.

Sie ging zu ihrer Mutter: „Mir geht es heute nicht gut, ich werde mich gleich ein wenig hinlegen. Wenn du Hunger hast, im Kühlschrank sind sicher noch ein paar Sachen."

„Nein, danke", gab Mutti zurück. „Ich habe keinen Appetit." Na klar, dachte Ingeborg, da passt ja wahrscheinlich auch kaum noch was rein.

Sie war gerade weggedämmert, als das Telefon klingelte. Mutti hatte anscheinend nicht vor, sich von ihrem Sterbebett hoch zu quälen, also nahm Ingeborg das Gespräch entgegen.

„Hier Greta", scholl es ihr entgegen. „Wir müssen mal dringend reden. So geht das nicht weiter."

Natürlich. Mutti hatte die Buschtrommel betätigt, und jetzt musste Greta natürlich mal wieder Ingeborg genau erklären, wie man die arme alte Mutti pflegt – und das nach Ingeborgs zehnjähriger Berufserfahrung auf diesem Gebiet. „Ja, Greta", sagte sie. „Du hast vollkommen Recht, so geht das nicht weiter. Hast du schon eine Idee, wie das denn weiter gehen soll?"

„Du brauchst gar nicht so sarkastisch zu werden. Das kann man ja nicht mit ansehen, wie du unsere Mutter langsam, aber sicher in die Depression treibst mit deinem aggressiven Verhalten. Sie hat heute früh geweint am Telefon. Das geht mir ganz schön ans Herz."

„Warum? Bloß weil ich in meinen Weihnachtsferien mal alleine verreisen will?"

„Unter anderem. Du hast so viele Ferien, da könntest du doch wenigstens an Weihnachten mal was mit Mutti machen, wenn ihr doch so viel daran liegt."

Aha, jetzt kommt wieder die alte Leier mit den Lehrer – voll bezahlter Halbtagsjob und das halbe Jahr Ferien. „Ich mache schon seit zehn Jahren ständig was mit Mutti. Findest du nicht, dass man in meinem Alter auch mal ohne Eltern verreisen dürfen sollte? Und überhaupt, warum legt sie so großen Wert auf meine Gesellschaft, wenn sie sich ständig über mich beklagt? Hast du dir das schon mal überlegt?"

„Sie hat doch niemanden außer dir, der Zeit hat, sich um sie zu kümmern."

„Oha, da müssen wir aber ganz schnell ein paar Irrtümer aufklären. Erstens: Die Frau hat außer mir noch drei weitere Kinder großgezogen. Zweitens: Wieso habe ich als voll berufstätige Frau als einzige von uns Zeit?"

„Immerhin bist du den halben Tag zu Hause."

„Weil ich die Hälfte meiner Berufsarbeit zu Hause erledigen kann, heißt das noch lange nicht, dass zu Hause Freizeit stattfindet. Im Gegenteil – oft komme ich zu wichtigen Aufgaben erst spät abends, wenn Mutti im Bett ist. Egal, wie du dir meinen Beruf vorstellst, Tatsache ist, dass ich meistens am Rande der Erschöpfung bin. Schon mal was von Doppelbelastung gehört?"

„Du kannst doch auf Teilzeit gehen, wenn es dir zu viel ist. Da verdienst du doch auch noch genug."

„Hör mir mal gut zu, Greta", brauste Ingeborg auf. „Du, die du noch nie für deinen Lebensunterhalt arbeiten musstest, du bist die Letzte, von der ich mir sagen lasse, wie viel Geld ich zum Leben brauche. Außerdem liegt es doch hoffentlich noch in meiner Entscheidung, welchen Teil meiner Doppelbelastung ich loswerden will. Deshalb nochmal langsam zum Mitschreiben: Ich möchte, dass jetzt mal reihum ihr drei anderen euch um Mutti kümmert. Und nachdem sie sich ja doch bei jeder Sache, die ihr mal nicht passt, an dich wendet, bist du prädestiniert, den Anfang zu machen.“

So jetzt war es endlich mal raus. Das Herz klopfte ihr bis zum Hals, und am andern Ende hörte sie Gretas entsetztes Japsen: „Das kann ich Viktor nicht zumuten!“

Viktor, der Blödmann, der meinte, er sei der einzige Mensch auf Gottes Erde, der hart arbeiten muss, weswegen ihm Gretas ungeteilte Aufmerksamkeit zustand. Aber vermutlich konnte Greta es vor allem sich selber nicht zumuten, diese verwöhnte Vorstadtgattin. „Das ist jetzt dein Problem. Mir habt ihr es ja schließlich auch zugemutet. Am besten holst du Mutti morgen hier ab.“

„Und wenn nicht?“

„Dann werde ich sie übermorgen in eine Seniorenresidenz bringen.“ Ingeborg legte auf. Dann ging sie zu Mutti hinüber und sagte: „Freu dich, Mutti, ab morgen darfst du bei Greta wohnen.“

*

Auch Veronika hatte eine fürchterliche Nacht hinter sich. Werner hatte sich kommentarlos ins Gästezimmer zurückgezogen, was in all den Jahren noch nie vorgekommen war. Hatte Veronika während des Streits noch rot gesehen, so sah sie im Laufe der Nacht zunehmend schwarz. Zum ersten Mal musste sie ernsthaft mit der Möglichkeit rechnen, den dekorativen Rahmen zu verlieren, aus dem heraus sie der Öffentlichkeit ihr beneidenswertes Familienleben präsentierte.

Da an Schlaf nicht zu denken war, stand sie auf und zog wahllos Schubladen auf. Alles, was sie besaß, war vom Edelsten, ob es sich nun um Dessous handelte oder um Kosmetika. Aus einer Schublade nahm sie ein Kästchen heraus und betrachtete das, was sie insgeheim ihre Trophäen nannte. Jedes Stück hatte seine eigene Geschichte. Geschichten, die sie sich aus Mangel an Beweisen teilweise selbst zusammengereimt hatte.

Da war diese Vorzimmerdame in der Kanzlei, die Veronika gegenüber so eine Art an sich hatte, selbstbewusst, fast schon schnippisch. Veronika begegnete ihr ein paar Mal, wenn sie Werner abholte. Entweder übersah sie Veronika demonstrativ, während sie eine Idee zu dicht bei Werner stand, oder sie musterte sie mit einem kleinen spöttischen Lächeln, als wäre Veronika eine Kakerlake, die auf dem makellosen, teuren Teppich nichts zu suchen hatte. Schon damals war Veronika vernünftig genug, keinen Aufstand zu machen. Wenn Werner anrief und sich mit der Ausrede dringender Arbeiten vom Abendessen abmeldete, sagte Veronika lediglich manchmal: „Ach, wie schade, kann das nicht deine kleine Tippmamsell für dich erledigen? Die würde doch bestimmt alles für dich tun."

Nach ein paar Wochen war die Sache ausgestanden, ohne dass sie und Werner je darüber gesprochen hätten. Die Tippmamsell wurde durch ein älteres, nicht ganz so attraktives Modell ersetzt, und eines Abends kam Werner mit diesen in Diamanten gefassten Türkisohrringen an.

Einige Zeit darauf fand Veronika in Werners Brieftasche – ja, ja, sie war sich nicht zu gut, ihn zu kontrollieren – eine Hotelrechnung aus Paris, ausgestellt für ein Doppelzimmer für Monsieur et Madame Johannsen zu einem Datum, an dem sie, Veronika nicht nur mit Schule, sondern auch mit Zeugniskonferenzen beschäftigt war. Sie legte die Rechnung ganz offen auf Werners Schreibtisch und wartete auf eine Reaktion. Die kam ein paar Tage später prompt in Form eines wertvollen Diamantringes. Die Kette mit dem Diamantanhänger verdankte sie einem Techtelmechtel mit einer Mandantin, für die er nicht nur äußerst gute Scheidungsbedingungen herausgeschunden hatte, sondern die er auch über die erste Zeit der Einsamkeit hinweg getröstet hatte.

Es waren auch Stücke darunter, die sie in keinen Zusammenhang mit anderen Frauen bringen konnte. Ja, sie ging sogar so weit, bei jedem Schmuckstück sofort zu argwöhnen, dass da noch Dinge waren, die sie bisher nicht mitbekommen hatte.

Veronika fand das ganz schön clever, wie sie aus den Seitensprüngen ihres Mannes ein einträgliches Geschäft für sich selber machte. Warum sollte sie sich grämen? Schließlich ging er ja nie wirklich weg. Sie sah ihn eher als streunenden Kater. Aber diesmal war es anders. Werner hatte zwar im Gegensatz zu früheren Affären schon viel von dieser Celina erzählt, aber ein Schmuckstück war noch nicht fällig gewesen. Vielleicht weil es noch nicht vorbei war, weil er gar nicht vorhatte, es zu beenden? Wer weiß, vielleicht würde sie die ganzen Klunker ja tatsächlich für ihre einsamen alten Tage brauchen.

Sie hatte die ganze Zeit schon das Gefühl, als hätte sie in dem Streit mit Werner etwas Entscheidendes übersehen, beziehungsweise überhört. Sie versuchte zu rekonstruieren, was Werner genau gesagt hatte. Ganz am Schluss hatte es sich ziemlich bedrohlich für die Kinder angehört. Ja, das war's wohl: Er hatte gesagt Celina sollte nicht schlechter gestellt sein als Nick und Phil. Er hatte nicht gesagt ‚nicht schlechter als Veronika'.

Ein schrecklicher Verdacht überfiel sie. Schuldgefühle griffen mit eisigen Fingern aus der Vergangenheit nach ihr. Veronika bekam ganz plötzlich Angst.

*

Als Celina sich um die Praktikantenstelle bewarb, nahm sie nicht die Dienste der deutschen Post in Anspruch, sondern brachte ihre Bewerbungsmappe persönlich in die Kanzlei, um sie Herrn Dr. Johannsen direkt zu überreichen. Werner war ein bisschen überrascht, aber das war nichts im Vergleich zu dem, was ihn von Seiten dieser aufgeweckten jungen Dame noch erwarten sollte.

Sie kam umgehend und schnörkellos sofort zur Sache: „Der Grund, warum ich mein Praktikum hier machen möchte, sind Sie. Ich wollte Sie kennenlernen, weil ich Ihre Tochter bin."

Zum Glück saß Werner bereits fest und sicher in seinem stabilen Schreibtischsessel. Sprachlos starrte er das Mädchen an. Celina, ihm gegenüber durch ihren offensichtlichen Informationsvorsprung deutlich im Vorteil, fuhr fort: „Ich weiß es auch erst seit kurzer Zeit, aber bevor ich Ihnen mehr dazu mitteile, möchte ich Sie bitten, mir spontan zu sagen, ob Sie sich an meine Mutter erinnern können."

Obwohl Werner auch vor seiner Heirat mit Veronika durchaus nicht wie ein Mönch gelebt hatte, kam angesichts von Celinas Alter nur eine in Frage: „Katharina Schneider!"

Celina nickte. Werner schaute auf die vor ihm liegenden Unterlagen.

„Sie heißen Celina Petzold. Sie tragen nicht den Namen Ihrer Mutter."

„Als ich ein Jahr alt war, hat meine Mutter geheiratet. Mein Stiefvater hat mich adoptiert. Ich wusste, wie gesagt, bis vor kurzem gar nicht, dass er nicht mein leiblicher Vater ist."

"Ich hatte keine Ahnung, dass Katharina schwanger war, als wir uns trennten."

„Als Sie sie wegen einer anderen Frau verließen", verbesserte ihn Celina.

Werner vergrub das Gesicht in den Händen. Auf einmal war alles wieder da. Katharina und er kannten sich vom Studium her. Sie verliebten sich ineinander, zogen nach dem Examen in eine gemeinsame Wohnung und planten, zusammen eine Kanzlei aufzumachen. Es schien alles so gut zu passen. Sie hatten so vieles, was sie verband, die gleichen Interessen, die gleichen Werte, denselben Freundeskreis, die gleiche Vorstellung davon, wie ihre Zukunft aussehen könnte. Einer konnte sich auf den anderen hundertprozentig verlassen – bis Veronika in sein Leben platzte und plötzlich nichts mehr war wie vorher. Wo Katharina ruhig und gewissenhaft war, brachte Veronika auf einmal Wirbel und unkonventionelles Verhalten in sein Leben. Mit Katharina war alles so vorhersehbar, Veronika war immer für Überraschungen und spontane, verrückte Ideen gut. Werner fühlte sich hin und her gerissen. Es ging ihm wie manchen Menschen in diesem Stadium des Lebens: Das Studentenleben war vorbei, und plötzlich wurde alles so ernsthaft, so spießig, so alt irgendwie. Veronika, die noch mitten im Studium stand, verkörperte für ihn die Möglichkeit, an ihrer Seite noch ein bisschen länger so jung zu bleiben.

Es war für ihn keine einfache Entscheidung gewesen, und er wusste, dass er Katharina sehr weh tun würde. Aber er entschied sich für Veronika. Katharina, weit entfernt, ihm tränenreiche Szenen zu machen, reagierte souverän – zumindest sah er das damals so, oder wollte er es nur gerne so sehen, weil es für ihn so am einfachsten war? Katharina fragte ihn nur: „Glaubst du, das vergeht wieder?" Aber er wollte ihr keine Hoffnung machen und gestand ihr, dass die Sache mit Veronika sehr ernst war. Daraufhin packte sie nahezu wortlos ihre Sachen und verschwand einfach aus seinem Leben. Er war zu feige, den Kontakt mit ihr weiter zu pflegen, und redete sich ein, dass Katharina diese radikale Trennung selbst gewollt hatte. Und nun saß da dieses reizende junge Mädchen und erklärte ihm schlicht und einfach, dass sie seine und Katharinas Tochter war – wenn das denn alles so stimmte. Als Anwalt war er oft genug mit Betrug und Lüge konfrontiert, um gegen alles und jedes misstrauisch zu sein.

„Nehmen Sie es mir nicht übel, aber ich möchte gerne mit Ihrer Mutter in Verbindung treten, bevor ich weitere Schritte unternehme."

„Klar", konterte sie, „vermutlich wollen Sie erst einen DNA-Abgleich, um sicher zu gehen, dass ich keine Betrügerin oder gar Erbschleicherin bin. Mehr kränken, als Sie das mit Ihrer totalen

Abwesenheit während meiner Kindheit getan haben, können Sie mich ja nun wirklich nicht mehr. Sie können mich sogar vom Sicherheitspersonal rauswerfen lassen, dann weiß ich wenigstens, dass weder ich, noch meine Mutter viel verpasst haben, als Sie sie damals allein gelassen haben."

„Ich verstehe Ihre Haltung, aber ich kann nur nochmal betonen, dass ich von der Schwangerschaft nichts wusste, sonst wäre vielleicht alles ganz anders gekommen."

„Meine Mutter wollte damals nicht, dass Sie sich aus Mitleid zu ihr bekennen und sich später vielleicht ausgetrickst fühlen würden. Das kann ich gut verstehen, ich hätte wahrscheinlich genauso gehandelt. Aber eines kann ich Ihnen sagen: Meine Mutter hat dafür gesorgt, dass es mir an nichts gefehlt hat. Was mich dazu bewogen hat, Sie kennenlernen zu wollen, war reines Interesse. Ich möchte nichts von Ihnen – keine nachträglichen Unterhaltszahlungen, oder wovor auch immer Sie jetzt Angst haben. Nicht mal Ihre Familie braucht von mir zu erfahren. Auch die Praktikantenstelle muss nicht unbedingt bei Ihnen sein. Mit meinen Zeugnissen komme ich überall mit Leichtigkeit unter. Denken Sie in aller Ruhe darüber nach, was Sie jetzt tun wollen. In den Unterlagen steht alles, was Sie wissen müssen, um mit Ihrer Vergangenheit in Verbindung zu treten."

Damit stand Celina auf und beendete das Gespräch von Ihrer Seite aus. Werner blieb nichts anderes übrig, als sie zur Tür zu begleiten und zu sagen: „Sie hören von uns."

*

Hanna konnte gar nicht so viel arbeiten, wie nötig gewesen wäre, um ihre Sorgen um Stefan zu verdrängen. Der Junge sah schlecht aus. Er aß kaum noch etwas, und die Nächte waren eher kurz. Oft kam er erst lange nach Mitternacht nach Hause. Dann war er am nächsten Morgen nicht ansprechbar. Am schlimmsten waren die Tage, an denen er schlichtweg nicht in der Lage war, aufzustehen und in die Schule zu gehen. Es gab hässliche Szenen. Besonders scheußlich fand sie, dass sie den Kollegen gegenüber für ihn lügen musste, indem sie ihn krankmeldete. Aber sie konnte ja nicht gut sagen: „Hört mal, Stefan leidet heute mal wieder unter Entzug, da hatte es keinen Sinn, ihn in die Schule zu schicken." Das wäre ein gefundenes Fressen für Veronika und Ihresgleichen. Da hätten sich alle die, welche nur Wunderkinder großgezogen hatten, mal wieder freuen können, dass es bei ihnen zu Hause sowas dann doch nicht gab. Klamotten auf den Boden schmeißen und so weiter, das schon, aber doch nicht Drogen! Nein, Hanna war klar, dass sie mit dieser Art von Unaufrichtigkeit leben musste, obwohl es ihr in tiefster Seele zuwider war, gesellschaftlicher Konventionen wegen ihr persönliches Schicksal zu vertuschen. Dabei wusste sie noch nicht einmal, wie viel die Kollegen ohnehin schon vermuteten. Schließlich sahen sie den Jungen täglich vor sich sitzen und konnten schon aus seinem Aussehen und Verhalten schließen, dass mit ihm so einiges nicht in Ordnung war

Manchmal überkam sie richtige Sehnsucht danach, einmal einem Menschen das ganze Elend zu erzählen. Mit Joachim brauchte sie das nicht nochmal zu versuchen. Für ihn war Stefan nur noch ein Missgeschick aus der Vergangenheit, von der er sich anscheinend mühelos in ein neues Leben abgesetzt hatte. Ihren Eltern und Geschwistern konnte sie nicht von Stefans Problemen erzählen, sie schämte sich zu sehr, als einzige von der Familie im Leben versagt zu haben. Denn das war es in ihren eigenen Augen, ein schreckliches Versagen. Mit Entsetzen stellte sie fest, dass sie niemanden hatte, an den sie sich in dieser Notlage wenden konnte. Die gemeinsamen Freunde aus der Zeit ihrer Ehe mit Joachim hatten sich noch eine Zeitlang um sie gekümmert, doch dann war sie ganz allmählich aus deren Sozialleben gestrichen worden. Im Kielwasser von Joachim hatte sie es versäumt, sich ein eigenes Netz aus Freundschaften aufzubauen. Nicht nur

Stefan war bei der Scheidung auf der Strecke geblieben, sie selber auch.

In ihrer Verzweiflung hatte sie einen Termin bei der Drogenberatung gemacht. Sie hatte Stefans Problem ausführlich geschildert und war mit Phrasen aus dem Sozialpädagogikstudium abgespeist worden: „Sie müssen lernen loszulassen… Er muss erst ganz tief fallen, bevor man ihm helfen kann… In Ihrer Co–Abhängigkeit sind Sie zu sehr verstrickt…" Oder der Satz, der sie besonders tief getroffen hatte: „Sie müssen ihn in Liebe fallen lassen."

Nach diesem Gespräch, von dem sie sich irgendeine Art von Hilfe durch Fachleute erhofft hatte, ging es ihr schlechter als je zuvor. Sie fühlte sich endgültig im Stich gelassen, hilflos, müde, erschöpft, ausgelaugt. Manchmal holte sie Fotos hervor aus glücklichen Zeiten, in denen Stefan ein liebenswertes Kind, ein begabter Junge war, dem alle Chancen im Leben offen standen. Sie suchte nach Gründen für die schreckliche Veränderung, die mit ihm vorgegangen war, quälte sich mit der Frage nach dem Anteil ihrer eigenen Schuld: Wo und wann hatte sie als Mutter versagt? Was hatte dazu geführt, dass er die Zuversicht und das Vertrauen in das Leben verloren hatte? Natürlich war da die Scheidung, aber nicht alle Scheidungskinder greifen zu Drogen. Warum hatte sie nicht rechtzeitig gemerkt, in welcher Gefahr er war? Vielleicht hätte sie gegensteuern können, wenn sie sich nicht so lange dagegen gesträubt hätte, die Wahrheit zu sehen.

Sie brauchte einen Menschen zum Reden, einen Menschen, der wusste, wie es war, wenn die Welt nicht mehr wirklich heil ist. Immer öfter verspürte sie den Wunsch, dies alles Lisa zu erzählen. Lisa wusste, wie es war, wenn man ein schlimmes Geheimnis mit sich herum trug. Und Hanna war sicher, dass Lisa schweigen konnte.

Zwei Stunden später saß Hanna bei Lisa und hatte ihr von Stefan erzählt. Lisa hatte ruhig zugehört. Als Hanna zwischendurch sagte: „Ich sollte dich nicht mit meinem ganzen Seelenmüll belasten!", da antwortete sie nur: „Doch, das sollst du, dafür sind Freunde da."

Die beiden Frauen weinten gemeinsam um ihre verlorenen Kinder. Natürlich konnte Lisa auch nicht sagen, was Hanna denn tun könnte. Aber allein schon, dass Hanna darüber sprechen konnte, dass sie ihr Leid mit Lisa teilen konnte, war eine ungeheure Erleichterung. Einen Menschen zu haben, vor dem sie nicht mehr Theater spielen musste, tat so gut. Obwohl sich an der Situation als solcher nichts geändert hatte, ging Hanna getröstet aus diesem Gespräch hervor, viel mehr getröstet als nach dem Besuch bei der Drogenberatung. Sie fühlte sich sogar weniger schuldig, denn Lisa hatte gesagt: „Von Schuld kann man nur sprechen, wenn jemand in böser Absicht jemandem bewusst und aktiv schadet. Du hast aber deinen Sohn immer geliebt und nur das Beste für ihn gewollt."

*

Ingeborg hatte einen schrecklichen Schultag hinter sich. Die Kinder hatten ein feines Gespür dafür, dass sie nicht ganz bei der Sache war, und nutzten dies nach Strich und Faden aus. Auch das Klingeln nach der letzten Schulstunde brachte nicht wirklich Erleichterung für Ingeborg, denn zu Hause wartete um die Mittagszeit kein leckeres Essen, sondern High Noon.

Ob Mutti schon gepackt hatte? Ob Greta schon da war? Oder ob sie alle das Ganze für eine vorübergehende Spinnerei von Ingeborg hielten und sich still verhielten in der Hoffnung, sie würde sich schon wieder beruhigen und zum für alle – außer für sie selbst – bequemen Status quo zurückfinden? Fast war sie versucht, für eine Weile unterzutauchen, einfach nicht erreichbar zu sein für ihre Familie, sich in einem Hotel in der Stadt zu verstecken und das Handy auszuschalten. So sehr graute ihr vor der Konfrontation mit Mutti und Greta.

58

Als sie die Wohnungstür aufschloss, roch sie sofort, dass Mutti gerade dabei war, sich ein paar Spiegeleier zu braten. Spiegeleier waren das einzige, das sie sich je selber machte. Nach ihrem Einzug vor zehn Jahren hatte sie gleich klar gestellt, dass sie nur in ihrer eigenen Küche kochen konnte. Im Hotel Ingeborg war sie immer der Gast, der durchblicken ließ, dass er eigentlich etwas Besseres gewohnt war. Das konnte sie ja ab heute wieder haben, ein Upgrade ins Hotel Greta.

Ingeborg ging sofort in ihr Arbeitszimmer. Hunger hatte sie nicht, und erst recht keine Lust auf Smalltalk und so zu tun, als sei alles in Ordnung. Sie setzte sich an den Computer und recherchierte Seniorenresidenzen im Umkreis von 20 km um Gretas Wohnort. Auweia, billig würde das nicht werden, aber Mutti war ja eine gut versorgte Beamtenwitwe.

Der Nachmittag zog sich dahin und immer noch keine Spur von Greta. Die beiden Frauen schlichen in der Wohnung umeinander herum wie Guerillakämpfer im Dschungel, immer bemüht, nicht gesehen zu werden. Die Schatten wurden länger, die Spannung stieg. High Noon drohte zum High Evening zu werden. Dann endlich gegen sechs Uhr klingelte es. Da Mutti anscheinend nicht vorhatte, am Ende doch noch so niedrige Tätigkeiten wie die Tür öffnen zu verrichten, ging Ingeborg hin, sich innerlich wappnend gegen alles, was jetzt auf sie zukommen würde.

Auf der Matte stand nicht nur Greta, sondern mit grimmigem Gesicht auch noch Schwager Viktor. War ja klar, dass die zarte Greta dieser schweren Aufgabe, nämlich Muttis Koffer zum Auto zu schleppen, nicht ohne starken männlichen Beistand gewachsen war. Oder brauchte sie etwa einen Beschützer, damit sie ihrer großen Schwester nicht hilflos ausgeliefert war?

Greta rauschte grußlos an Ingeborg vorbei und verschwand in Muttis Zimmer, aus dem sofort aufgeregtes Geflüster drang.

Viktor sagte, ebenfalls ohne anständige Begrüßung: „Kann ich mich mit dir irgendwo ungestört unterhalten?"

„Wir sind hier ungestört", gab Ingeborg zurück. Sie blieb absichtlich mitten in der Diele stehen. Sie hatte keine Lust, ihren Schwager wie einen willkommenen Gast zu behandeln und ihn ins Wohnzimmer zu bitten, so wie die Lage momentan war.

„Also gut", meinte Viktor. „Dir ist doch hoffentlich klar, dass das, wozu du uns hier zwingst, nur eine Übergangslösung sein kann."

„Halt, stopp", unterbrach ihn Ingeborg. „Wozu zwinge ich euch und was verstehst du unter einer Übergangslösung?"

„Da es dir anscheinend unmöglich ist, dich mit deiner eigenen Mutter zu vertragen, müssen wir sie vorübergehend aus deiner Nähe entfernen, bevor du in deiner offensichtlichen psychischen Labilität ihr noch Schaden zufügst. Bleiben kann sie bei uns auf Dauer allerdings nicht. Bei unseren zahlreichen sozialen Verpflichtungen und der damit verbundenen Hektik würde sie sich möglicherweise nicht wohl fühlen. Sieh zu, dass du deinen Gemütszustand in den Griff bekommst, lass dir meinetwegen Hormone verschreiben oder Psychopharmaka, damit du möglichst schnell wieder in der Lage bist, deinen töchterlichen Pflichten nachzukommen. Es ist wirklich nicht einzusehen, warum Greta deine Unzulänglichkeiten ausbaden soll."

Einen Moment lang war Ingeborg sprachlos ob solcher Frechheit. Aber dann erwachte sie sehr schnell aus ihrer Schockstarre.

„Moment mal", sagte sie, ging in ihr Zimmer und holte ihr Diktiergerät, das sie sonst dazu benutzte, gute Ideen für ihren Unterricht festzuhalten. Sie hielt Viktor das eingeschaltete Gerät unter die Nase.

„Kannst du das, was du mir gerade gesagt hast, nochmal wiederholen", forderte sie ihn auf. „Das war sowas von außergewöhnlich, das muss unbedingt der Nachwelt erhalten bleiben. Das glaubt mir sonst kein Mensch, was du für ein hammermäßiges Arschloch bist."

„Lass den Quatsch, ich bin keiner von deinen debilen Schülern, deren Ergüsse du dokumentieren musst. Und hör gefälligst auf, mir gegenüber ordinär zu werden. Du weißt anscheinend nicht, wen du vor dir hast."

„Oh doch! Aber es macht nichts, wenn du deine formvollendete Ansprache nicht mehr wiederholen willst. Ich war schon immer für mein phänomenales Gedächtnis bekannt. Und was deine Vorstellung von Übergangslösung betrifft, das kannst du vergessen. Mutti hat bekanntlich vier Kinder. Wenn die anderen drei alle Mutti auch zehn Jahre bei sich wohnen lassen, gibt es überhaupt kein Problem. Du hast dabei eigentlich gar nicht mitzureden. Das ist eine Sache zwischen uns vier Geschwistern."

„Das ist sehr wohl auch meine Sache. Wer in mein Haus einzieht, darüber hab ich sehr wohl mitzureden. Und ich sage es nochmal deutlich, für uns kommt die von dir in deinem Egoismus angestrebte Lösung nicht in Frage. Punkt!"

„Auf den Egoismus will ich jetzt nicht eingehen. Was ich dazu zu sagen habe, würde den zeitlichen Rahmen sprengen, den ein Gespräch mit dir für mich maximal haben darf. Wenn es also für euch nicht in Frage kommt, müsst ihr euch an unsere Brüder wenden. Und ich bin ja wohl, nach allem, was du mir gerade an den Kopf geworfen hast, für die arme alte Frau unzumutbar, wenn nicht sogar gefährlich. Wenn es nicht so traurig wäre, fände ich das alles direkt zum Lachen."

Damit drehte sie sich auf dem Absatz, ging zurück in ihr Zimmer und ließ Viktor in der Diele stehen.

„Das letzte Wort ist noch nicht gesprochen", rief er ihr hinterher. Aber sie hatte trotzdem das Gefühl, dass sie das letzte Wort gehabt hatte.

61

*

Mutti lag im Sarg, die vorwurfsvollen Augen für immer geschlossen. Greta warf sich weinend über den Sarg, Miriam lächelte triumphierend, und Viktor hatte die Sache mal wieder voll im Griff. Mit dem Finger zeigte er auf Ingeborg und rief: „Sie ist schuld an allem. Sie hat Mutti das Herz gebrochen. Mutti war ihr im Weg bei ihrem Lotterleben." Ingeborg wollte weglaufen, aber sie konnte sich nicht bewegen. Greta drehte sich langsam zu Ingeborg um. Ihr schönes Trauergesicht verwandelte sich in eine hasserfüllte Fratze. „Das wirst du ewig büßen!", zischte sie Ingeborg zu, worauf sie sich in einen rosafarbenen Nebel auflöste. Plötzlich war Ingeborg allein mit Mutti. Der Raum wurde immer kleiner, die Wände kamen auf Ingeborg zu und drückten sie gegen den Sarg, sie wollte schreien, aber sie brachte keinen Ton heraus, sie konnte nicht mehr atmen…

Nach Luft japsend tauchte sie aus ihrem Alptraum auf. Sie hatte sich im Schlaf ganz fest in ihre Decke gewickelt, sich diese sogar über den Kopf gezogen. Kein Wunder, dass sie keine Luft mehr bekam. Es ist nur ein Traum, nur ein Traum, versuchte sie ihr rasendes Herz zu beruhigen. Mutti ist bei Greta, alles ist gut!

Nein, nichts ist gut, begehrte ihr anderes Ich auf. Wenn ich solche Träume habe, bedeutet das nichts Gutes. Der Stoff, aus dem solche Träume sind, ist Schuldgefühl. Dabei hab ich mich doch ganz normal verhalten. Die zehn Jahre davor waren nicht normal. Ich hab mich von meinen Geschwistern über den Tisch ziehen lassen. Seit meiner Geburt bleibt immer alles an mir hängen. Das ist wohl die tragische Rolle von ältesten Töchtern. Sie wachsen mit Verantwortung auf. Zuerst ist die Freiheit eingeschränkt, weil man für die Kleinen da sein muss, für die Kleinen zurückstecken soll, und wenn die Kleinen dann groß sind, hat man plötzlich eine alte Mutter am Hals, für deren Versorgung die Kleinen dann immer noch zu klein sind. Verdammt, hört das denn nie auf?

Sie sah auf den Wecker: Vier Uhr, die Stunde, wenn die Nacht am dunkelsten ist und die Sorgen des Tages aus den tiefsten Löchern kriechen. Zwecklos zu versuchen, jetzt nochmal einzuschlafen. Sie stand auf und griff zu ihrem Allheilmittel, sie machte sich einen schönen, heißen, starken Tee legte eine Bach–CD ein. Immer wenn sie aufgewühlt war, halfen ihr die klaren Strukturen dieser unsterblichen Musik, ruhig zu werden und ihre Situation distanziert zu betrachten.

Vielleicht hätte sie mit Rüdiger darüber sprechen sollen, bevor alles so eskalierte. Rüdiger war der zweite in der Geschwisterreihe und als ältester Sohn in einer ähnlichen Lage wie Ingeborg, nur war es für ihn als Jungen immer leichter gewesen, sich den Anforderungen des Elternhauses zu entziehen. Es hatte schon seinen Grund, dass er sich nach Amerika abgesetzt hatte. Er hatte schon früh erkannt, dass er es seinen ehrgeizigen Eltern nie würde recht machen können, und hatte die erste Gelegenheit zu einem Job im Ausland ergriffen. Das gab ihm die Möglichkeit, sich frei von den familiären Zwängen zu entwickeln, und Mutti konnte ihren Bekannten gegenüber damit angeben, was für eine tolle Karriere er hatte. Nachprüfen konnte das ohnehin keiner, da konnte man schon mal ein bisschen dicker auftragen. Ja, so lief das im Hause Klein.

Rüdiger hatte die Spielregeln schnell kapiert und beschlossen, dass er sich nicht daran zu halten gedachte. Er hatte sich weder für Jura, noch für Medizin begeistern lassen – für seine Eltern die klassischen Bereiche, in denen man den Anschluss an die höheren Kreise der Gesellschaft schaffen könnte. Sein Abiturschnitt hätte das auch gar nicht möglich gemacht. Aber selbst eine Banklehre lehnte er ab, obwohl Mutti ihn im Geiste schon als Direktor, wenn schon nicht der Deutschen Bank, dann doch wenigstens einer Zweigstelle der örtlichen Sparkasse sah. Nein, er wollte „was mit Computern" machen, und jetzt arbeitete er schon jahrelang bei einer

Computerfirma in den Staaten, hatte eine Familie, sein Auskommen, aber die ganz große Karriere war es nicht. Trotzdem hatte Ingeborg bei den seltenen Gelegenheiten, wenn sie mal Kontakt zu ihm hatte, das Gefühl, dass er mit sich und der Welt im Reinen und zufrieden war. Sie wünschte, sie könnte das von sich auch sagen.

Ingeborg setzte sich mit ihrer Tasse Tee an den Computer und schrieb eine lange E-Mail an Rüdiger, den einzigen in der Familie, von dem sie sich Verständnis für ihr Handeln erhoffen konnte.

In der Schule hatte sie zum Glück zwischendurch eine Freistunde, die nicht durch Vertretungsunterricht aufgefressen wurde. Und – ebenfalls ein seltener Glücksfall – Karin hatte auch eine Freistunde. So beschlossen die beiden, der Anstalt zu entfliehen und im nahegelegenen Rosencafé einen Latte macchiato zu trinken. Für Karin war es einer ihrer letzten Schultage vor ihrem OP–Termin. Sie war erstaunlich gelassen, als hätte sie mit ihrem hysterischen Verhalten, als sie alles noch mit sich selbst hatte abmachen wollen, das Schlimmste an ihrer Krankheit schon ausgestanden.

Karin und Ingeborg waren sich seit der Begegnung vor dem Ärztehaus trotz Ingeborgs harter Worte näher gekommen. Karin wusste sehr wohl, welch heilsame gedankliche Veränderung Ingeborgs hart klingende Worte bei ihr ausgelöst hatten, und sie war ihr dankbar dafür, denn seither lebte sie in einem Klima der Aufrichtigkeit, das ihrer Seele gut tat. Es war, als hätte Ingeborg die Last, immer perfekt sein zu müssen, von ihr genommen.

So war es denn auch gar nicht erstaunlich, dass Ingeborg von ihrer Mutter erzählte.

„Gestern hab ich meine Mutter quasi rausgeschmissen. Sie wohnt momentan bei meiner Schwester. Aber ich fühle mich jetzt ziemlich mies."

„Was ist denn passiert?", fragte Karin.

„Nichts Besonderes, nur eine Portion zu viel von dem alltäglichen Terror."

„Terror? Ich dachte immer, du verstehst dich gut mit deiner Mutter. Ich hab dich bewundert, denn es gibt bestimmt nicht viele, die sich so gut um ihre Eltern kümmern wie du."

„Ja siehst du, Karin, das ist gerade der Punkt. Wir machen uns doch alle ständig gegenseitig was vor. Ich würde mir eher die Zunge abbeißen als zuzugeben, wie eingeschränkt mein Leben ist, seit meine Mutter bei mir eingezogen ist."

„Wie lange wohnt sie denn schon bei dir?"

„Seit mein Vater vor zehn Jahren gestorben ist. Ich hatte immer gehofft, sie fängt sich mal wieder und kann wieder alleine wohnen, aber irgendwann war dieser Zug abgefahren. Es wäre trotzdem alles nicht so schlimm gewesen, wenn sich nicht meine Schwester ständig eingemischt hätte. Die wusste immer alles besser, deshalb hab ich ihr gestern gesagt, jetzt ist sie mal dran. Aber du hättest meinen Schwager hören sollen. So hat mich, glaube ich, in meinem ganzen Leben noch keiner beleidigt."

„Was hat er denn getan?"

„Er hat mir geraten, zum Psychiater zu gehen. Für den bin ich eine hässliche alte Jungfer, die es nicht verkraften kann, dass die schöne kleine Schwester einen tollen Mann abgekriegt hat und sie nicht. Für den bestehe ich nur aus Neid und Frustration und bin deshalb nicht in der Lage, mich um meine Mutter zu kümmern. Ich soll Hormone und Psychopharmaka fressen, und wenn ich dann wieder richtig ticke, soll Mutti wieder bei mir abgeladen werden."

„Das darf doch nicht wahr sein!", schimpfte Karin. „Und sowas nimmst du ernst? Der Kerl ist doch selber nicht ganz dicht."

„Er ist zwar blöd", räumte Ingeborg ein, „aber doch nicht zu blöd, um meine verwundbaren Stellen zielsicher zu treffen."

„Wie meinst du das?"

„In einem Punkt hat er wahrscheinlich recht. Ich war vermutlich mein Leben lang neidisch auf meine kleine Schwester. Ich war für meine Eltern immer die Schlaue, und Greta war die Hübsche. Was hätte ich damals dafür gegeben, so auszusehen wie sie. Ich wäre viel lieber für Schönheit bewundert worden anstatt für Intelligenz. Und schau mich doch an, mit mir ist ja nun wirklich nicht viel Staat zu machen."

Karin sah Ingeborg nachdenklich an. „Ich bin zwar keine Psychologin, aber man muss nicht Psychologie studiert haben, um zu durchschauen, was bei euch zu Hause schief gelaufen ist. Dafür reicht der gesunde Menschenverstand. Deine Eltern haben die Rollen verteilt, und ihr habt sie einfach angenommen und gelebt. Warum glaubst du, dass du nicht schön bist? Doch wohl deshalb, weil man dir das schon als Kind eingeredet hat. Niemand, der dich kennt, würde glauben, dass du dich für hässlich hältst. Du wirkst eher so, als wäre es dir egal, wie du aussiehst. Von Schönheit verstehe ich was, und ich kann dir mit Leichtigkeit aufzählen, welche Trümpfe du auf diesem Gebiet hast."

„Karin", unterbrach Ingeborg sie, „du musst jetzt nicht meinen, die arme alte Ingeborg braucht ein paar Streicheleinheiten. Ich könnte es nicht ertragen, wenn du mich jetzt anlügst, auch wenn es gut gemeint wäre. Du weißt, ich bin immer für klare Worte."

„Das weiß ich doch, das weiß wahrscheinlich keiner so gut wie ich. Aber du musst mir glauben, dass ich, seit wir uns kennen, schon oft gedacht habe, warum macht Ingeborg nichts aus sich? Warum zieht sie sich so nachlässig an? Ich hab nur aus Taktgefühl nie etwas gesagt, und auch weil ich dachte, du hältst mich dann für arrogant. Aber wenn ich sehe, wie du so völlig unnötig leidest, kann ich den Mund nicht mehr halten."

„Na gut, dann schieß los. Vielleicht ist es ja doch ganz gut, mit einer Schönheitskönigin befreundet zu sein."

66

„Also erst einmal hast du sehr harmonische Gesichtszüge, schöne große Augen und einen perfekt geformten Mund. Ein weiteres Plus: dichte Haare. Und dann deine Figur, sportlich schlank. Während wir anderen ständig gegen unsere Kilos kämpfen müssen, scheint das für dich kein Thema zu sein."

„Das liegt wahrscheinlich daran, dass ich zehn Jahre lang die Lieblingsgerichte meiner Mutter kochen musste, statt das, was mir schmeckt."

„Na siehst du, so hat doch alles noch was Gutes. Also das Rohmaterial ist vielversprechend, aber …"

„Aber?"

„Wie gesagt: Rohmaterial. Ein bisschen Augen–Make–up, ein Lippenstift in einer mit der Kleidung abgestimmten Farbe, ein Hauch Rouge auf die hohen Wangenknochen, die Haare nicht einfach im Nacken zusammenbinden, sondern in Form schneiden und weich ums Gesicht fallen lassen – deine Schwester würde vor Neid erblassen. Und was die Kleidung betrifft, du kannst doch alles tragen bei deiner Figur. Es müssen nicht immer sportliche Hosen, T–Shirts und Pullover sein."

„Uff! Und wenn ich dann bloß lächerlich aussehe? Ich hab doch keine Ahnung, das war immer Gretas Terrain. Sie hat schicke Klamotten gekriegt und ich schlaue Bücher."

„Das meine ich ja, wenn ich sage, ihr habt eure von den Eltern vorgegebenen Rollen gelebt. Bei dir haben sie den Intellekt gefördert, und bei Greta das Aussehen. Es wäre mal interessant zu wissen, ob Greta auch darunter leidet, das hübsche Dummchen zu sein."

„Interessante Idee! So wie ich im Moment zu ihr stehe, würde ich ihr das glatt gönnen."

Karin sah auf die Uhr. „Oh, wir müssen gleich wieder ran. Weißt du was, Ingeborg? Ich möchte so gerne etwas für dich tun, aber du darfst es nicht als aufdringlich oder als Übergriff auf deine persönliche Freiheit empfinden. Ich möchte für dich einen

Termin bei meiner Kosmetikerin abmachen. Die kann dich besser beraten als ich."

„Ist das so eine arrogante Person, wie sie in den Parfümerien immer auf einen zu kommen, wenn man bloß ein Stück Seife kaufen will und sie einem gleich den halben Laden aufschwatzen wollen, weil man ja so eine gestresste Problemhaut hat?"

„Nein, keine Sorge, das ist eine patente Frau, die ihren Beruf mit Begeisterung ausübt. Du wirst sie sicher mögen. Sie hat das Herz auf dem rechten Fleck. So und jetzt lass uns mal wieder zu unseren pubertierenden Nervensägen gehen."

*

Im Hause Johannsen war dicke Luft, so dick, dass sogar Nick und Phil nicht mehr unbefangen durchs Haus schlurfen konnten.

„Weißt du, was mit unseren Alten los ist?", fragte Phil seinen großen Bruder.

„Sieht so aus, als hätten sie Stress miteinander", meinte der lebenserfahrene Nick.

„Aber sie reden ja gar nicht mehr miteinander."

„Sei doch froh. Ist doch besser, als wenn sie sich anschreien. Außerdem hat das mit uns nichts zu tun. Jedenfalls sind sie dadurch nicht ständig hinter uns her, und wir können machen, was wir wollen, ohne dass es sie groß interessiert."

„Doch! Es hat was mit uns zu tun. Ich hab gestern mitgekriegt, wie Papa gesagt hat, dass es uns nicht schlechter gehen soll, und sie haben über irgendeine Celina geredet."

„Ach du Scheiße, hoffentlich hat unser Alter keinen Mist gebaut", stöhnte Nick.

Abends klopfte Veronika am Gästezimmer an, wohin sich Werner gleich nach der Rückkehr von der Arbeit zurückgezogen hatte. Sie war fest entschlossen, Klarheit zu schaffen und so viele

Schäfchen wie möglich ins Trockene zu bringen, bevor die Situation noch mehr eskalierte.

„Kann ich mit dir in Ruhe reden?" fragte sie ganz unterwürfig, wie es sonst nicht ihre Art war, schon gar nicht im Umgang mit ihrem Mann.

„Bitte sehr!", meinte Werner lakonisch.

Veronika setzte sich auf die Schlafcouch, auf der noch Werners Bettzeug von der letzten Nacht lag.

„Ich glaube, ich habe gestern einen schweren Fehler gemacht", begann sie zaghaft.

„Das kann man wohl sagen!", gab Werner zurück. "Vielleicht hättest du mich ganz einfach einmal ausreden lassen sollen, anstatt dich mit völlig haltlosen Anschuldigungen auf mich zu stürzen."

„Es tut mir leid. Willst du mir nicht jetzt sagen, wer Celina wirklich ist?"

„Ich nehme an, du hast dir darüber auch schon deine Gedanken gemacht. Was glaubst du denn, nachdem du wohl die Theorie aufgegeben hast, ich hätte eine Affäre mit einer Neunzehnjährigen?"

„Kann es sein, dass sie deine Tochter ist?", platzte Veronika heraus.

„Alle Achtung! Soviel Kombinationsfähigkeit hätte ich dir gar nicht zugetraut. Dann hast du sicher auch schon herausgefunden, wer Celinas Mutter ist."

„Ich nehme an, das war Katharina", sagte Veronika. Katharina, die mit Werner zusammenlebte, als Veronika in sein Leben trat – die Frau, die für Veronika damals nichts anderes war als eine zu beseitigende Altlast aus Werners Leben, die Frau, die Veronika kühl kalkulierend und nur mit ihrem eigenen Vorteil im Auge skrupellos aus dem Weg geschafft hatte.

„Richtig", sagte Werner, „die Katharina, von der ich mich deinetwegen getrennt habe. Dabei war sie damals schwanger! Ich hätte nie erfahren, dass ich eine Tochter habe, wenn Celina nicht den Wunsch gehabt hätte, ihren leiblichen Vater kennenzulernen."

„Wenn du es gewusst hättest, wärst du dann bei ihr geblieben?", fragte Veronika.

„Wie soll ich das jetzt, 20 Jahre später, beantworten? Aber wie immer ich mich entschieden hätte, eines hätte ich ganz bestimmt nicht getan, nämlich Katharina mit der Sorge für unser gemeinsames Kind allein gelassen. Und es macht mich wütend, dass ich Celinas ganze Kindheit verpasst habe. Ich wünschte, sie hätte es mir gesagt, anstatt sang– und klanglos unterzutauchen."

„Ist es überhaupt sicher, dass das alles stimmt?", wagte Veronika zu zweifeln. „Das Mädchen könnte doch auch eine Betrügerin sein, die auf ihren finanziellen Vorteil aus ist oder die dich als Sprungbrett für eine juristische Karriere benutzen will."

„Du kannst es wohl nicht lassen, Angriffe auf deinen, beziehungsweise natürlich unseren Beisitz abzuschmettern. Aber du kannst dich beruhigen. Ich habe bereits Kontakt mit Katharina aufgenommen. Und du wirst es nicht glauben, sie hatte mir einen Brief geschrieben, als sie merkte, dass sie schwanger war. Nur dass ich seltsamerweise diesen Brief nie bekommen habe."

„Da kannst du mal sehen. Wer weiß, ob es diesen Brief überhaupt gab. Sie könnte ja auch erst nach eurer Trennung schwanger geworden sein", gab Veronika zu bedenken. „Ist ja schon komisch. Da lebt ihr nun jahrelang zusammen, und nie ist etwas passiert. Aber kaum trennst du dich von ihr, ist sie auf einmal schwanger. Das ist schon ein seltsamer Zufall, das musst du zugeben."

Werner merkte, wie ihm das Gerede seiner Frau unendlich auf die Nerven ging. „Celinas Geburtsdatum beweist ganz klar, dass sie meine Tochter sein muss. Es geht dich ja nicht wirklich etwas an, oder zumindest nur am Rande, da es in erster Linie mit mir und Katharina zu tun hat. Und wenn ich den Brief damals bekommen hätte, wärst du möglicherweise auch eine Randerscheinung in meinem Leben geblieben."

Damit drehte er sich um und ließ Veronika stehen. Zuerst dachte Veronika: Na, dann ist es ja umso besser, dass er diesen verdammten Brief nicht bekommen hat. Aber dann kroch eine unglaubliche Wut in ihr hoch. Wie konnte er es wagen, sie so von oben herab zu behandeln. Randerscheinung, sie, Veronika! Eine Frau mit Stil und Klasse! Die mit Geschick und Eleganz das Familienschiff durch jeden Sturm mit sicherer Hand zu steuern wusste! Werner lebte nach der Devise: Ein Gentleman genießt und schweigt. Aber er sollte doch besser nicht vergessen, welchen Vorteil bei seinem Lebensstil eine starke Ehefrau bedeutete, die ebenfalls immer wusste, wann sie besser schweigen sollte. Mit seiner heiligen Katharina wäre er sicher nicht so gut weggekommen mit all seinen schmutzigen kleinen Affären. Und sie, Veronika, musste es nun womöglich ausbaden, dass ihn seine Vergangenheit einholte, dass er plötzlich das Gefühl hatte, seine Ehe sei ein einziger großer Fehler.

Zum ersten Mal in 17 Jahren Ehe befasste sich Veronika mit dem Gedanken, was wäre, wenn diese Ehe von Werners Seite aus beendet würde. Das Szenario, das vor ihrem inneren Auge entstand, gefiel ihr absolut nicht. Aber taff, wie sie nun einmal war, begann sie augenblicklich damit, einen Lebensplan B zu entwickeln, um all das zu retten, was ihr lieb und teuer war. Werner spielte darin nur eine untergeordnete Rolle, sozusagen als geldgebende Randerscheinung.

*

Ingeborg machte sich auf den Weg zum Kosmetikstudio, froh, dass sie niemandem, speziell nicht Mutti, erklären musste, was sie vorhatte. Kein Gejammer: „Ach, Kindchen, warum musst du denn da hin gehen? Du bist doch schön genug für dein Alter. Was musst du denn dein sauer verdientes Geld so rausschmeißen!" Sie kam sich vor wie ein Kind beim Schuleschwänzen. Das war zwar ein ungewohntes, aber dennoch ein sehr erfrischendes Gefühl.

Das Studio entpuppte sich als ein kleiner, gemütlicher Ein–Frau–Betrieb. Also keine wartenden Schlangen von blasierten Hausfrauen mit mehr Geld als Verstand, in deren Gesellschaft sich Ingeborg mit Sicherheit fehl am Platz gefühlt hätte. Diese Greta–Fraktion konnte sie im Moment überhaupt nicht um sich ertragen. Hier wurde jede von der Chefin persönlich betreut, auch wenn sie so wie Ingeborg zum ersten Mal hier war.

Frau Dankert, die Kosmetikerin, ließ Ingeborg in dem Behandlungsstuhl Platz nehmen und erklärte ihr:

„Ich werde zuerst ein Peeling machen, gefolgt von einer Tiefenreinigung. Danach ziept es ein bisschen, wenn ich Gesichtshärchen entferne und die Brauen in Form zupfe. Aber dann kommt nur noch Verwöhnprogramm mit Gesichtsmassage und Maske. Am Schluss bekommen Sie noch ein Make-up."

Ingeborg lehnte sich zurück und ließ die Behandlung über sich ergehen. Sie merkte, wie sie sich immer mehr entspannte und die ganze Sache, der sie zuerst so skeptisch gegenüber stand, regelrecht genoss. Herrlich! dachte sie, warum bin ich da nicht schon mal früher drauf gekommen? Sie überlegte, wann sie das letzte Mal in ihrem Leben etwas nur für sich alleine getan hatte, etwas, das nur ihr selber gut tat und nicht wegen des Nutzens für andere gemacht werden musste. Ihr fiel spontan nichts ein und auch nicht nach längerem Nachdenken. Das stimmte sie traurig, denn es erschien ihr symbolisch für die ganzen Jahre, in denen sie sich nach den Bedürfnissen ihrer Mutter gerichtet hatte und dabei selber auf der Strecke geblieben war.

Aber damit war jetzt Schluss. Von Greta hatte sie seit Muttis Abreise nichts mehr gehört. Vermutlich würde auch eher der kurzzeitig besiegte Viktor die Sache in die Hand nehmen, wenn er fand, das Spielchen „Wir retten Mutti vor der bösen Ingeborg" hätte lang genug gedauert. Aber die böse Ingeborg war wild entschlossen, nicht noch einmal in dieselbe Falle zu tappen. Der einzige Beitrag, den sie zu leisten noch bereit war, bestand in der Suche nach einer geeigneten Seniorenresidenz.

Während die Maske einwirkte, ließ Ingeborg sich von der sanften Musik einlullen, verdrängte den Gedanken an alle ungelösten Probleme und döste tatsächlich ein. Sie wurde von Frau Dankert sanft geweckt und nahm sich vor, beim Make–up genau aufzupassen. Schließlich sollte das alles ja nicht nur eine einmalige Aktion sein, sondern der Einstieg in ein neues Leben.

Als alles fertig war, hielt Frau Dankert ihr den Spiegel vor. Sie traute sich kaum hinzusehen, aber dann wurden ihre kühnsten Erwartungen übertroffen. Ich sehe mindestens zehn Jahre jünger aus, dachte sie. Kein Mensch würde sie wiedererkennen. Karin hatte Recht behalten: Sie konnte sich durchaus mit der schönen Greta messen.

Sie strahlte Frau Dankert an. „Das hätte ich nicht geglaubt", sagte sie, „dass man mit Kosmetik so viel erreichen kann. Danke, das haben Sie sehr schön gemacht, und ich habe jede Minute davon genossen." Dann zückte sie ihr Portemonnaie.

Aber Frau Dankert wehrte ab. „Nein, lassen Sie, das hat alles Frau Brückner schon erledigt."

„Aber das kann ich doch nicht einfach so annehmen. Das muss doch ein Vermögen gekostet haben."

„Doch, doch, das können Sie. Frau Brückner hat sich so gefreut, Ihnen eine Freude machen zu können. Und wenn Sie zufrieden waren, würde ich mich auch freuen, wenn Sie mal wieder reinschauen würden. Hier, ich gebe Ihnen meine Broschüre mit. Da finden Sie alles, was ich anbiete."

„Davon werde ich ganz sicher Gebrauch machen." Beschwingt wie schon lange nicht mehr, machte sich Ingeborg auf den Weg. Und dann dachte sie: Wenn ich schon mal in der Stadt bin, könnte ich ja auch gleich was Neues zum Anziehen kaufen. Die Aschenputtelzeiten sind vorbei. Ich geh jetzt in die Boutique, in die ich mich bisher nie rein getraut habe. Und da drin hau ich so richtig Geld raus. Weil ich es mir wert bin, verdammt nochmal!

*

Hanna legte das letzte korrigierte Heft zur Seite und sah auf die Uhr, obwohl sie auch so schon wusste, dass es viel zu spät war, um unbesorgt Stefans Abwesenheit hinzunehmen. Sie machte sich bittere Vorwürfe, dass sie die Autoschlüssel nicht versteckt hatte, wie sie es sich schon lange vorgenommen hatte. Vielleicht wollte ihr Unterbewusstsein ihr suggerieren, dass es doch ganz normal war, wenn ein 18-Jähriger an einem Freitagabend mit einem Auto unterwegs war, auch wenn Mitternacht längst vorbei war. Die jungen Leute wollten sich doch alle nach einer harten Woche in der Schule gerne mal ein bisschen amüsieren, was war da schon dabei! Sie wollte nicht die innere Stimme hören, die ihr ganz brutal sagte, dass ein 18– jähriger Drogensüchtiger am Steuer eines Autos alles andere als normal und zudem zutiefst verantwortungslos war, ganz zu schweigen davon, dass Stefan schon lange keine komplette Woche mit harter Arbeit für die Schule verbracht hatte.

Nach dem Vorfall mit der eingetretenen Tür hatte Hanna die Konfrontation mit ihrem Sohn vermieden, so gut es ging. Es war keine Rede mehr davon gewesen, dass er professionelle Hilfe brauchte. Hanna hatte zu seinen Fehlzeiten in der Schule geschwiegen. Wenn er Geld wollte, hatte sie es ihm gegeben. Tiefschürfende Gespräche kamen nicht zustande. Sie lebten wie zwei Fremde nebeneinander her. Gewiss, es war feige von Hanna, sich so zu verhalten, aber wenigstens konnte sie auf diese Weise Stefans schreckliche Wutanfälle vermeiden.

Sie las alles, was sie über Drogensucht in die Hände bekam, immer auf der Suche nach einer Möglichkeit, aus dieser Abwärtsspirale herauszukommen. Aber je mehr sie darüber

74

erfuhr, umso deutlicher wurde ihr, wie erbärmlich begrenzt ihr eigener Handlungsspielraum war. Der einzige, der hier etwas tun konnte, war Stefan selber, und der würde gerade so weitermachen wie bisher, solange sie ihm diese Art von Leben ermöglichte durch ihre passive Duldung und dadurch, dass sie ihm alles Lebensnotwendige – Essen, Kleidung, ein Dach über dem Kopf – bedingungslos zur Verfügung stellte. Immerhin war er nicht so schlimm dran wie die Bahnhofsfixer, die ihre Sucht durch Betteln und Klauen finanzieren mussten und die Nächte auf einer Parkbank verbrachten, immer in Gefahr, von der Polizei aufgegriffen zu werden. Hanna verwendete viel Energie darauf, die Erkenntnis zu verdrängen, dass gerade ihre Fürsorge ein Faktor war, der eine Veränderung bei Stefan unwahrscheinlich machte. Im Gegenteil, sie hoffte, dass Stefan eines nicht allzu fernen Tages von selbst einsehen würde, dass er von dem Zeug loskommen musste, um ein halbwegs normales und vielleicht sogar erfolgreiches Leben zu führen. Die Hoffnung stirbt ja bekanntlich zuletzt, und Hanna nährte ihr dürftiges Stückchen Hoffnung mit jedem noch so mickrigen, fadenscheinigen Argument, dessen sie in ihrer Trostlosigkeit habhaft werden konnte.

Sie beschloss, ins Bett zu gehen, obwohl sie schon wusste, dass sie kein Auge zu tun würde, solange sie Stefan irgendwo da draußen wusste. Sie lauschte auf jedes Martinshorn in der Ferne in der ständigen Angst, es könnte etwas mit Stefan zu tun haben. Auf ihrem Nachttisch stapelten sich die Bücher, mit denen sie schon viele Stunden der Schlaflosigkeit überlebt hatte. Sie tauchte in die erfundenen Probleme von erfundenen Figuren ein, um für die Zeit der Lektüre ihre eigenen Probleme aus dem Kopf zu bekommen und vielleicht sogar darüber einzuschlafen.

Auch diesmal schien es wider Erwarten funktioniert zu haben. Die Türklingel weckte Hanna im Morgengrauen aus dem gnädigen Schlaf des Vergessens. Wieso klingelt Stefan, dachte sie benommen, der Hausschlüssel hängt doch am Autoschlüssel. Schlaftrunken taumelte sie zur Haustür und öffnete – und wurde schlagartig hellwach. Vor ihr standen zwei uniformierte Polizeibeamte, ein Mann und eine Frau.

„Sind sie Frau Hanna Weilmann?", wollte der Mann wissen und hielt ihr seine Polizeimarke hin.

„Ja", stammelte sie, während eine schreckliche Angst ihr den Atem abschnürte.

„Dürfen wir hereinkommen?", fragte die Frau, wobei sie schon über die Schwelle trat. Ihr Kollege schloss die Tür, und die beiden führten Hanna ins Wohnzimmer.

„Was ist passiert?", flüsterte sie und sank in einen Sessel.

„Sind sie die Halterin des Fahrzeugs …?" Wie durch einen dichten Nebel hörte sie den Polizisten ihre eigene Autonummer sagen. Sie nickte.

„Wissen Sie, wer mit ihrem Auto heute Nacht unterwegs war?"

„Ja, mein Sohn … Was ist mit Stefan?", schrie sie los. „. Wo ist er? Ist ihm etwas passiert? Ich will zu meinem Sohn!"

„Ganz ruhig", sagte die Polizistin, und drückte Hanna sanft in den Sessel zurück. „Ihr Auto wurde vor einer Stunde gefunden, neben einer Landstraße kurz vor Neufeld. Es sieht aus, als hätte es sich überschlagen. Im Auto fand man einen verletzten, bewusstlosen jungen Mann….."

„Stefan?", rief Hanna.

„Wir wissen es nicht. Der Junge hatte keine Ausweispapiere bei sich. Außerdem – und das ist das Beunruhigende – befand er sich auf dem Beifahrersitz. Es muss bei dem Unfall also noch eine zweite Person im Wagen gewesen sein, die wir nicht finden konnten. Wir müssen Sie bitten, mit uns ins Kreiskrankenhaus zu fahren, um uns zu sagen, ob es sich bei dem Verletzten um Ihren Sohn handelt."

Wie in Trance ging Hanna in ihr Schlafzimmer und zog sich mit fahrigen Händen die Sachen vom Vortag über. Dann ging sie zu dem vor dem Haus geparkten Streifenwagen, nicht ohne von der freundlichen Polizistin daran erinnert geworden zu sein, ihren Hausschlüssel einzustecken. Sie fühlte sich, als würde sie die ganze Szene von außerhalb beobachten, und hoffte vergeblich, jeden Augenblick aus diesem furchbaren Alptraum aufzuwachen.

Im Krankenhaus angekommen, folgte sie den beiden Polizisten auf die Intensivstation, wo eine Schwester sie zu einem Bett führte, in dem eine Gestalt mit einem weißen Kopfverband lag. Hanna näherte sich dem Bett mit zitternden Knien. Kein Zweifel, da lag ihr Stefan, mit Schläuchen an diverse Geräte angeschlossen, die unheilverkündend piepten. Seine Augen waren geschlossen und sein Gesicht totenbleich, aber das Laken hob und senkte sich – er atmete!

„Mein armer Junge!", schluchzte sie und fiel neben dem Bett auf die Knie. „Was hat er?", fragte sie die Schwester, die neben ihr stand. „Wird er wieder gesund?"

„Er hat eine schwere Gehirnerschütterung", antwortete die Schwester. „Soweit wir beim Röntgen sehen konnten, ist nichts gebrochen. Äußere Verletzungen sind keine zu sehen, aber er hat ziemliche Prellungen abbekommen. Genaues lässt sich erst sagen, wenn er wieder bei Bewusstsein und ansprechbar ist."

„So wie das Auto aussieht", fügte die Polizistin hinzu, „kann er von Glück sagen, dass nicht mehr passiert ist."

„Sie können also ohne Zweifel sagen", vergewisserte sich der Polizist, „dass es sich um Ihren Sohn handelt?" Sie nickte. „Dann stellt sich die Frage, wer das Auto gefahren hat und wo sich diese Person befindet. Haben Sie eine Idee? Mit wem wollte sich Ihr Sohn letzte Nacht treffen?"

Hanna schüttelte hilflos den Kopf. Sie wollte nicht mehr mit den Polizisten sprechen. Sie wollte nur noch neben Stefans Bett sitzen und warten, bis er zu sich kam. Sie wollte ihn beschützen, notfalls auch vor der Polizei. Sie wollte jetzt nicht darüber nachdenken, in was er möglicherweise verwickelt war. Sie wollte nichts Unüberlegtes tun oder sagen, nicht in ihrem verwirrten Zustand.

Gerade als sie anfing zu überlegen, wie sie die Polizisten loswerden könnte, spürte sie, wie eine Hand sich auf ihre Schulter legte. „Möchten Sie, dass wir noch jemanden benachrichtigen?", fragte der Polizist. „Ihren Mann vielleicht?"

„Nein. Mein Mann interessiert sich nicht mehr für unseren Sohn, seit er so schwierig geworden ist." Es war heraus, bevor sie richtig nachgedacht hatte. Dabei gingen ihre familiären Schwierigkeiten nun wirklich keinen Außenstehenden was an, und schon gar nicht so eine amtliche Autoritätsperson von der Polizei. Wer weiß, was die daraus sonst wieder machten.

„Sollen wir Sie nach Hause bringen?", bot er an.

„Nein danke", sagte sie. „Ich möchte lieber bei meinem Sohn bleiben, damit ich da bin, wenn er zu sich kommt."

„Was Ihr Auto betrifft", fügte er hinzu, „das muss noch kriminaltechnisch untersucht werden, und danach muss es vermutlich verschrottet werden.

Als ob mich das jetzt interessieren würde! Hauptsache Stefan wird wieder gesund. Wenn die doch nur endlich abhauen würden!

„Wir gehen dann jetzt. Wir müssen uns eventuell morgen nochmal mit Ihnen in Verbindung setzen."

Endlich waren die beiden weg und Hanna konnte sich ihrem Kummer hingeben. Sie beugte sich über die reglose Gestalt. „Es wird alles gut, mein armer, lieber Junge", flüsterte sie.

„Ich hab Ihnen noch einen Kaffee geholt", flüsterte neben ihr der Polizist und stellt einen Becher mit dem dampfenden Gebräu auf den Nachttisch, bevor er endgültig ging. Hannas geflüstertes „Danke!" hörte er schon gar nicht mehr.

*

Lisa wartete lange auf eine passende Möglichkeit, mit Piet zu sprechen. Die Versuchung, ihr Problem mit dem liebsten Menschen zu teilen, den sie hatte, kämpfte mit der Angst, eben diesen Menschen durch die Konfrontation mit ihrer Vergangenheit zu verlieren. Die Folge war, dass die beiden fast nur noch über oberflächliche Alltagsdinge miteinander redeten. So kam es dann schließlich, dass Piet den Stein ins Rollen brachte.

„Lisa, ist irgendwas nicht in Ordnung? Du bist so still in letzter Zeit."

„Ja", brach es aus Lisa heraus. „Es gibt etwas, das ich dir schon lange hätte erzählen müssen." Stockend kam die ganze Geschichte heraus. Piet konnte nicht anders, er war nicht nur erschüttert, er war schockiert von dem Abgrund, der ihn plötzlich von seiner Frau trennte. Es war nicht einmal so sehr Lisas Verhalten, das ihm zu schaffen machte. Das alles war ja schon lange vor seiner Zeit gewesen. Er konnte sogar bis zu einem gewissen Grad nachvollziehen, warum Lisa so gehandelt hatte. Nein, sein Problem lag anders. Da versuchten sie nun seit Jahren, ein Kind zu bekommen, und jetzt erfuhr er plötzlich, dass Lisa sehr wohl schwanger werden konnte, nur eben nicht von ihm. Diese Erkenntnis versetzte seiner Männlichkeit einen schweren Schlag, den er erst einmal verkraften musste. Darüber konnte er das Leid, das Lisa mit sich herumschleppte, gar nicht mehr sehen.

„Piet, nun sag doch mal was", bat Lisa.

„Warum hast du mir das alles gerade jetzt erzählt?", wollte er wissen.

„Weil ich es nicht mehr ausgehalten habe, so ein Geheimnis mit mir herumzuschleppen. Und weil ich etwas unternehmen muss, um zu erfahren, wie es meinem Kind geht."

„Aha, ich verstehe. Du willst dir dein Kind wiederholen, weil ich ja offensichtlich nicht in der Lage bin, dir noch eines zu machen."

79

Lisa war schockiert. „Wie kannst du so etwas sagen! Ich habe ehrlich noch keinen Moment angenommen, dass das Problem bei dir liegt. Ich glaube, es sind meine Schuldgefühle, weshalb ich nicht schwanger werden kann. Ich habe ein Kind im Stich gelassen, und jetzt bestraft mich das Schicksal dafür. So eine wie ich hat eben kein Kind mehr verdient. Ich bin überzeugt, mit einer anderen Frau hättest du schon jede Menge Kinder. Deshalb fühle ich mich ja auch dir gegenüber schuldig."

„Und was willst du jetzt tun?"

„Kannst du dir wenigstens ein kleines bisschen vorstellen, wie es in mir aussieht? Seit zwei Jahren habe ich Schülerinnen vor mir sitzen, die genau so alt sind wie meine Tochter. Ständig frage ich mich, wo sie ist, ob sie gute Eltern gefunden hat oder ob sie vielleicht in ganz schlechten Verhältnissen lebt. Für mich ist jetzt das Wichtigste, dass ich diese lähmende Ungewissheit loswerde, was aus meiner Tochter geworden ist. Erst wenn ich weiß, dass es ihr gut geht, kann ich mein Leben wieder normal weiterleben. Verstehst du das?"

Piet dämmerte allmählich, dass seine Männlichkeit doch nicht so unmittelbar bedroht war, und er konnte wieder etwas klarer denken, so klar, dass er immerhin spürte, dass seine Frau jetzt etwas anderes brauchte als einen beleidigten Gockel. Er schämte sich für seine erste spontane Reaktion.

„Wie kann ich dir dabei helfen?", fragte er.

„Ich würde gerne herausfinden, wer sie adoptiert hat, und mir dann wenigstens ein Bild machen von den Umständen, in denen sie lebt. Das ist erst einmal das Wichtigste. Wie es dann weitergeht, hängt davon ab, was ich vorfinde. Aber ich weiß ja schon mal gar nicht, wie ich eine solche Recherche anstellen soll."

„Dabei kann ich dir vielleicht doch helfen", meinte Piet, der als Journalist mit Recherchearbeit vertraut war. „Als erstes müssen wir den Anwalt finden, der die Adoption abgewickelt hat. Dann müssen wir klären, ob die Verzichtserklärung, die du unterschreiben musstest, einer rechtlichen Überprüfung überhaupt standhält. Du musst mir alle Fakten geben, an die du dich erinnern kannst. Hast du noch Kontakt zu deiner damaligen Gastfamilie?"

„Nein, ich wollte damals alles hinter mir lassen."

„Wenn wir Glück haben, sind sie noch bei derselben Adresse auffindbar. Aber diese Amis ziehen doch alle Nase lang um."

„Oh, Piet, ich bin so froh, dass du jetzt Bescheid weißt! Und dass du mir helfen willst. Ich fühle mich so erleichtert, das kannst du dir gar nicht vorstellen."

„Ich bin auch froh, dass ich jetzt weiß, warum du in letzter Zeit so bedrückt warst. Und weißt du was: Ich kann damit leben, falls wir nie gemeinsame Kinder haben sollten. Du sollst dir nicht auch noch meinetwegen Gedanken machen und dich schuldig fühlen."

*

Hanna verbrachte Stunden an Stefans Bett und wünschte sich nichts sehnlicher, als dass er endlich das Bewusstsein wiedererlangte. Alles andere war unwichtig und ganz weit weg. Draußen wurde es hell. Da endlich schlug Stefan die Augen auf. Hanna beugte sich über ihn.

„Mama", sagte er. Hanna weinte vor Erleichterung, dass er sie gleich erkannte.

„Warum weinst du?" Er sah sich um. „Wo bin ich?"

„Du bist im Krankenhaus. Du hattest einen Unfall und warst ein paar Stunden bewusstlos."

„Mir ist schlecht", stöhnte Stefan. Schnell hielt ihm Hanna eine Nierenschale hin. Er würgte und fiel dann völlig entkräftet in die Kissen zurück. Hanna klingelte nach der Schwester. Die kam und war sehr erleichtert, dass Stefan wieder bei Bewusstsein war.

Als die Schwester wieder gegangen war, versuchte Hanna, herauszufinden, was in der Nacht passiert war.

„Kannst du dich erinnern, wie der Unfall passiert ist?", fragte sie.

„Oh, mein Kopf!", jammerte er. „Mir tut alles weh."

„Das kommt wieder in Ordnung", tröstete sie.

„Was für ein Unfall denn?"

Hanna erschrak. Er schien sich an nichts zu erinnern. Aber vielleicht war das ja normal nach so einem Schlag auf den Kopf oder was immer ihm zugestoßen war.

„Du warst mit meinem Auto weg. Und heute Nacht hat man dich bewusstlos aus dem überschlagenen Auto gezogen."

„Ist dein Auto kaputt?" Stefan starrte sie entsetzt an.

„Ja, schrottreif, wie die Polizei gesagt hat. Aber vergiss mal das Auto. Das ist jetzt nicht so wichtig. Da war noch jemand mit im Auto. Wer war das?"

„Polizei? Muss ich ins Gefängnis?"

Hanna war entsetzt. Oh Gott, jetzt redet er wirres Zeug. Ich muss den Arzt rufen. Aber vorher muss ich so viel wie möglich aus dem Jungen rauskriegen, bevor ihn die Polizei verhört.

„Stefan, versuch mal ganz ruhig nachzudenken. Mit wem warst du in meinem Auto unterwegs? Das ist wichtig, denn diese Person ist gefahren und seit dem Unfall verschwunden. Der hat mein Auto zu Schrott gefahren und dich verletzt liegen gelassen. Das ist Fahrerflucht, den musst du melden."

„Die schlagen mich tot, wenn ich etwas sage."

Das ist alles noch viel schlimmer, als ich ohnehin schon befürchtet hatte, dachte Hanna.

„Bist du in Drogengeschichten verwickelt?", fragte sie leise.

Bevor Stefan antworten konnte, kam der Arzt herein, den die Schwester informiert hatte, dass der Patient wieder ansprechbar war.

„Wie fühlen Sie sich?", fragte er.

„Beschissen", antwortete Stefan.

Der Arzt lachte. „Das ist auch kein Wunder, so wie Sie zugerichtet sind." Dann fing er an, Stefan seltsame Fragen zu stellen, nach seinem Geburtsdatum, seiner Telefonnummer, und wie viele Finger er ihm zeigte. Daraufhin leuchtete er in Stefans Pupillen.

„Versuchen Sie mal aufzustehen", forderte er Stefan auf. Der stützte sich auf seine Ellbogen, ließ sich aber sofort wieder stöhnend zurückfallen.

„Mir tut alles weh", beklagte er sich.

„Das wird wohl noch eine Weile so bleiben", warnte ihn der Arzt. „Wir müssen Sie noch hier behalten, bis Sie wieder schwindelfrei auf eigenen Beinen stehen können. Die Schwester bringt Ihnen gleich noch etwas gegen die Schmerzen. Essen sollten Sie bis auf Weiteres noch nichts. Aber Sie", wandte er sich an Hanna, „Sie sehen aus, als könnten Sie ein stärkendes Frühstück vertragen. Lassen wir den jungen Mann doch in Ruhe wieder einschlafen, und ich zeige Ihnen den Weg zur Cafeteria."

„Ich bin bald wieder bei dir", versprach Hanna und folgte dem Arzt aus dem Zimmer.

Draußen fragte sie den Arzt besorgt: „Wie schlimm steht es um meinen Sohn? Können Sie mir schon etwas Genaueres sagen?"

„Auf den ersten Blick sieht es aus, als hätte er unglaubliches Glück gehabt. Aber wir müssen selbstverständlich noch weitere Untersuchungen machen, um genauer sagen zu können, ob ein Schädel–Hirn Trauma oder ein epidurales Hämatom vorliegt. Deshalb behalten wir ihn zur Beobachtung noch mindestens ein paar Tage hier. Ich glaube, Sie sollten sich jetzt erst einmal selber ein wenig Ruhe gönnen und sich nicht unnötige Sorgen machen."

„Da ist noch etwas", fuhr Hanna fort. Ihr war klar, dass sie jetzt eventuell im Begriff war, einen großen Fehler zu machen. Trotzdem beschloss sie zu reden. „Ich bin mir nicht ganz sicher, aber ich habe den Verdacht, dass mein Sohn möglicherweise

Drogen nimmt. Er selber wird es wahrscheinlich leugnen. Mir gegenüber streitet er es auch ab. Ich weiß nicht, ob das für seine weitere gesundheitliche Versorgung eine Rolle spielt, aber…" Hilflos brach sie ab.

„Es ist gut, dass sie mich darüber informiert haben. Wenn er was genommen hat, werden neben den Schmerzen, die er vom Unfall hat, noch Entzugsbeschwerden hinzu kommen. Dann sind wir schon einmal vorgewarnt."

Hanna ging tatsächlich erst einmal in die Cafeteria, aber außer einer Tasse Kaffee brachte sie nichts hinunter. Sie musste unbedingt nochmal versuchen, aus Stefan etwas über den mysteriösen Mitfahrer herauszubekommen.

Als sie wieder auf die Station kam, hatte er ein Schmerzmittel bekommen und war ziemlich schläfrig. Trotzdem fragte sie ihn noch einmal, wer das Auto gefahren hatte.

„Ich natürlich", behauptete er.

„Das kann nicht sein. Die haben dich auf dem Beifahrersitz angeschnallt gefunden. Du machst mir nicht weis, dass du bewusstlos auf den Beifahrersitz gerutscht bist und dich dort noch angeschnallt hast. Du sagst mir jetzt, wer gefahren ist. Es geht nicht nur um mein Auto, sondern auch um deinen Führerschein, mach dir das mal klar."

„Ich kann der Polizei keinen Namen geben, ich häng da sowieso schon viel zu tief drin. Hätte ich mich bloß nie darauf eingelassen!"

„Worauf? Hast du was Kriminelles gemacht? Komm, red schon. Hast du gedealt? Du musst doch da wieder raus kommen, schließlich gibt es auch Anwälte, die dir helfen können. Wenn die in dem Auto Drogen finden, kommt doch sowieso alles raus. Dann ist es besser, du redest gleich. Das wird dir zu deinen Gunsten angerechnet."

„Du kennst diese Typen nicht. Wenn ich rede, bin ich so gut wie tot."

„Ach, red doch keinen Unsinn. Es gibt doch noch so was wie Zeugenschutz."

„Ach, Mama, lass mich einfach in Ruhe. Mir geht es so dreckig, ich will einfach nur schlafen."

Er drehte sich zur anderen Seite und sagte kein Wort mehr, bis Hanna eine halbe Stunde später den Raum verließ, um doch endlich nach Hause zu fahren.

*

Hanna musste wohl in voller Montur ins Bett gefallen und eingeschlafen sein, denn die Dämmerung hatte schon eingesetzt, als sie Stunden später durch den schrillen Klang der Türklingel aus beunruhigenden Träumen geschreckt wurde. Sie strich sich kurz durch die wirren Haare und ging öffnen. Der Mann an der Tür kam ihr vage bekannt vor, aber sie konnte ihn im ersten Moment nicht einordnen.

„Guten Tag, Frau Weilmann", sagte er. „Wie geht es Ihnen jetzt?"

Der Polizist! Ohne Uniform sah er ganz anders aus, irgendwie menschlicher.

„Danke, es geht schon wieder", antwortete sie. „Möchten Sie nicht hereinkommen? Entschuldigen Sie, ich habe heute früh Ihren Namen gar nicht richtig mitbekommen."

„Kein Problem, das ist ja mehr als verständlich. Ich bin Volker Winter."

Als sie sich im Wohnzimmer gegenüber saßen, berichtete der Polizist, was inzwischen geschehen war. „Ich war noch einmal bei Ihrem Sohn im Krankenhaus. Sie wissen sicher schon, dass er wieder bei Bewusstsein ist. Ich wollte mit ihm reden, aber er sagt, er kann sich an nichts erinnern, was gestern Abend vor dem Unfall passiert ist. Es wäre von größter Wichtigkeit, den Namen der Person zu erfahren, die Ihr Auto gefahren hat. Immerhin handelt es sich um einen schweren Unfall mit Fahrerflucht."

„Das hab ich ihm auch gesagt, aber er will mir nichts erzählen."

„Glauben Sie, er spielt uns die Gedächtnislücke nur vor? Vielleicht um jemanden zu schützen?"

„Ich weiß es nicht. Ich weiß überhaupt nur noch sehr wenig über meinen eigenen Sohn. Ich habe nur noch die ganze Zeit Angst um ihn, Angst, ihn zu verlieren." Zu ihrem eigenen Entsetzen fühlte Hanna, wie der Kummer sie wieder mit aller Macht überschwemmte. Sie konnte nicht anders, sie legte den Kopf in die Hände und ließ ihren Tränen freien Lauf – und das vor einem wildfremde Mann, der außerdem noch zur Polizei gehörte, vor der sie Stefan zu schützen versuchte.

„Ich kann Sie gut verstehen", sagte Her Winter. „Ich weiß, wie es ist, ein Kind zu verlieren."

Hanna blickte fragend auf. Durch ihren Tränenschleier sah sie in ein Gesicht, in dem sie nur Mitgefühl und Verständnis erkennen konnte.

„Ich habe vor ein paar Monaten meinen Sohn begraben. Er hatte Leukämie und wurde nicht mal 16 Jahre alt. Seine Mutter hat uns verlassen, als es anfing, schwierig zu werden."

„Das tut mir leid", stammelte Hanna, „und ich sitze da und heule Ihnen was vor, wo mein Sohn doch nur ein paar Prellungen und eine Gehirnerschütterung hat."

„Sie müssen sich nicht rechtfertigen", meinte Herr Winter. „Sie sind auch in einer schwierigen Situation, und Sie haben jedes Recht, jetzt nur an Ihren eigenen Sohn zu denken."

„Es gibt da ein paar Dinge, die ich nur vermute, aber nicht mit Sicherheit weiß. Deshalb wäre es wohl nicht richtig, darüber zu sprechen. Auf jeden Fall glaube ich, dass er Angst hat und deshalb nicht reden will."

„Ich bin heute streng genommen nicht als Polizist hier, sondern weil ich herausfinden will, wie man Ihrem Sohn helfen kann. Soll ich Ihnen einfach mal schildern, was ich selber bereits vermute? Kann es sein, dass Ihr Sohn in Drogengeschäfte verwickelt ist?"

„Darüber weiß ich nichts, aber ich habe in letzter Zeit den Verdacht, dass er zumindest Drogen nimmt und dadurch mit den falschen Leuten in Kontakt gekommen ist."

„Das vermute ich auch. Das würde zu der ganzen Situation passen. Vielleicht ist das die Erklärung, warum er nicht selbst gefahren ist. Die haben einfach nur ein Auto gebraucht. Jemand muss ihn unter Druck gesetzt haben, und den will er nicht verraten, weil er sich vor dessen Rache fürchtet. Könnte es so sein?"

Hanna nickte. „Und wenn er selber etwas Illegales getan hat? Ich könnte es nicht ertragen, wenn mein Junge ins Gefängnis gehen müsste." Wieder begann sie zu weinen.

„So schnell kommt bei uns niemand ins Gefängnis. Egal was Ihr Sohn getan hat, es gibt viele Umstände, die das Strafmaß mildern können. Zunächst einmal sein Alter – er wird ja wohl kaum wesentlich über 18 sein. Dann ist er bestimmt nicht die treibende Kraft in diesen Drogendeals oder was immer vorliegt. Mit einem guten Anwalt wird er vor Gericht leicht als Opfer der Umstände durchgehen und mit einer Bewährungsstrafe davonkommen. Es ist ja bekannt, dass man die kleinen Drogendealer in der Regel wieder laufen lässt, sonst wären unsere Gefängnisse alle voll mit solchen Leuten. Wir wollen an die Drahtzieher ran. Und das bringt mich zum nächsten Punkt: Ihr Sohn kann der Polizei helfen, an die Hintermänner ranzukommen, was sich ebenfalls strafmindernd auswirken würde."

„Aber das ist ja gerade das Problem", rief Hanna verzweifelt aus. „Er will nicht mit der Sprache raus. Selbst wenn jemand durch seine Aussage verhaftet wird, so bleibt doch immer irgendjemand übrig, der die Drohungen wahr machen kann. Und er kann doch nicht sein Leben lang vor diesen Leuten davonlaufen."

In diesem Moment klingelte es. „Entschuldigen Sie", sagte Hanna und ging zur Tür. Draußen stand eine vermummte Gestalt. Hanna spürte einen Stoß, und schon war der Eindringling in der Diele. Er hatte ein Messer in der Hand und zischte sie an:

„Wenn du deinen Sohn heil wieder bekommen willst, sorg dafür, dass er seine Fresse hält. Ein falsches Wort zu den Bullen und wir machen ihn platt – und dich auch, du alte Fotze."

Stumm vor Schreck wich Hanna Schritt für Schritt zurück. Bis zu diesem Moment hatte sie nicht wirklich geglaubt, dass Stefan bedroht war. Sie hatte insgeheim immer gehofft, dass er unter einer unbegründeten Paranoia litt. Aber das hier war echt. Noch nie in ihrem ganzen Leben hatte sie sich so ausgeliefert gefühlt, noch nie war sie so direkt einer körperlichen Gefahr gegenüber gestanden. Mechanisch machten ihre Beine einen Schritt nach dem anderen zurück, bis sie wieder im Wohnzimmer stand.

Der Vermummte war so auf sein Opfer konzentriert, dass er völlig überrumpelt war, als er plötzlich einen Stoß in den Rücken bekam, begleitet von dem scharfen Befehl:

„Waffe runter! Polizei!" Volker Winter war hinter der Wohnzimmertür hervorgetreten und hatte das Überraschungsmoment voll auf seiner Seite. Der Vermummte ließ sofort das Messer fallen und machte keine Bewegung mehr. Winter drehte ihm mit geübtem Polizeigriff den Arm auf den Rücken, warf den Mann auf den Boden und rief Hanna zu:

„Schnell, wir brauchen etwas, um ihn zu fesseln."

Hanna lief in die Küche und kam mit einer Rolle Paketklebeband zurück, mit welchem Winter dem Eindringling Arme und Beine zusammenband. Dann drehte Winter ihn auf den Rücken und riss ihm die Skimaske vom Gesicht. Zum

Vorschein kam ein junges Gesicht, so wütend, dass Hanna froh war, ihn außer Gefecht zu wissen.

„Kennen Sie diesen Mann?", fragte Winter Hanna. Diese schüttelte den Kopf.

„Name?", herrschte er den am Boden Liegenden an. Statt einer Antwort spuckte dieser aus.

Winter zückte sein Handy. „So, jetzt reicht es. Ich rufe jetzt die Kollegen vom Bereitschaftsdienst. Vielleicht fällt ihm ja in der Zelle wieder ein, wer er ist…. Ja, hier Winter. Ich hab hier jemanden, der hinter Schloss und Riegel gehört… Hausfriedensbruch, außerdem versuchte Körperverletzung und Beamtenbeleidigung… Vermutlich besteht auch ein Zusammenhang mit dem Unfall mit Fahrerflucht vergangene Nacht. … Mozartstraße 48. Bis gleich."

Er drehte sich zu Hanna. „Frau Weilmann, tun Sie mir den Gefallen und setzen Sie sich hin. Sie sind ja kreidebleich."

Hanna hörte seine Stimme wie durch mehrere Schichten Watte hindurch. Sie merkte noch, wie jemand sie auffing. Das Nächste, das sie mitbekam, war, dass sie auf ihrem Sofa lag und Volker Winter sich besorgt über sie beugte.

„Was ist passiert?", stammelte sie.

„Sie haben ein paar Minuten lang das Bewusstsein verloren. Kein Wunder, bei dem, was Sie heute schon durchgemacht haben."

„Ist er noch da?"

„Ja, aber keine Angst, er ist verschnürt wie ein Paket und zur Abholung bereit. Da sind die Kollegen schon", fügte er nach einem Blick durch das Fenster hinzu. Er ging zur Tür und informierte seine uniformierten Kollegen über den Vorfall. Gleichzeitig veranlasste er noch Personenschutz für Stefan. Dann setzte er sich wieder zu Hanna.

„Soll ich einen Arzt rufen?", fragte er.

„Nein, es geht schon wieder. Es ist nur, weil ich in letzter Zeit so wenig geschlafen habe, und dann noch der Schock. Was glauben Sie, war das der, mit dem Stefan gestern unterwegs war?"

„Es spricht alles dafür. Auf jeden Fall reicht das, was er hier abgezogen hat, schon aus, um ihn länger aus dem Verkehr zu ziehen. Er stellt keine Gefahr mehr für Ihren Sohn dar."

„Und falls noch andere damit zu tun haben?", fragte Hanna ängstlich.

„Ich habe für Ihren Sohn Personenschutz veranlasst. Es wird ein Beamter ins Krankenhaus geschickt, der niemanden zu Ihrem Sohn lässt."

Hanna begann unkontrolliert zu zittern. „Was wäre passiert, wenn Sie nicht dagewesen wären?"

„Er wollte Sie in erster Linie einschüchtern. Machen Sie sich nicht zu viele Gedanken, das ist nicht gut für Sie. Jetzt ist er erst einmal eingesperrt, und Ihr Sohn ist auch in Sicherheit."

*

Am Montagmorgen standen Lisa und Veronika vor dem Vertretungsplan und schauten nach, wer alles fehlte.

„Arme Karin", sagte Lisa. „Sie muss heute in die Klinik. Aber was ist wohl mit Hanna?"

„Vielleicht etwas mit ihrem Sohn", mutmaßte Veronika. „Der hat gerade in meinem Leistungskurs gefehlt. Ist ja nicht das erste Mal. Wenn ich so einen Sohn hätte, wäre ich auch krank."

„Findest du nicht, dass du ein bisschen arrogant klingst?", regte sich Lisa auf. „Du mit deiner perfekten Familie!"

„Das hat nichts mit Arroganz zu tun. Aber es gibt Leute, die einfach nicht die richtigen Prioritäten setzen. Was muss Hanna auch eine volle Stelle haben? Kein Wunder, wenn dann die Kinder aus dem Ruder laufen. Und so jemand wie ich mit halber Stelle muss dann dauernd Vertretung machen, weil die Damen mit Doppelbelastung schlapp machen. Da, schau, dritte Stunde Englisch bei Hannas chaotischen Achtklässlern!"

„Also jetzt mach mal einen Punkt! Hanna ist ja nun wirklich nicht jemand, der ständig fehlt. Und außerdem: Wer hat dich freiwillig vertreten, damit du zur Goldenen Hochzeit deiner Schwiegereltern fahren konntest? Na? War das nicht die doppelbelastete Hanna? Du bist manchmal so eine richtige Pissnelke!"

„Entschuldige mal, Lisa, wie redest du denn mit mir?", entrüstete sich Veronika.

„Bei dir entschuldige ich so langsam überhaupt nichts mehr", gab Lisa zurück und rauschte in ihre Klasse, während Veronika sprachlos hinter ihr her starrte. Ingeborg stand feixend daneben.

In ihrer Freistunde beschloss Lisa, Hanna anzurufen. Es nahm aber niemand ab. Sie versuchte es auf dem Handy – Fehlanzeige. Sie machte sich Sorgen, da sie wusste, wie sehr Hanna seelisch belastet war. Nach der Schule würde sie sofort zu Hannas Haus fahren.

Ingeborg war da unkomplizierter. Sie ging zu dem Kollegen, der den Vertretungsplan machte und fragte ganz einfach, was mit Hanna sei. Dann kam sie ins Lehrerzimmer und erzählte.

„Hannas Sohn hat einen Unfall gehabt und liegt im Krankenhaus. Hanna muss sich jetzt erst mal darum kümmern."

„Hab ich es nicht gleich gesagt?", trumpfte Veronika auf und fing einen bösen Blick von Lisa auf, der alles Weitere ungesagt ließ.

Nach der Schule war Hanna endlich erreichbar.

„Wir wissen von Stefans Unfall", sagte Lisa. „Wie geht es dir? Und wie geht es Stefan? Bist du zu Hause? Soll ich zu dir kommen?"

„Ja, bitte, wenn du Zeit hast", kam es mit erstickter Stimme von Hanna.

„Ich komme, so schnell ich kann", versprach Lisa.

Hanna erzählte. Es tat ihr gut, einen Menschen um sich zu haben, dem sie vertraute. Bei Lisa musste sie nicht überlegen, was sie sagen konnte und was sie besser für sich behielt. Lisa sah in dem Unfall nicht nur ein Unglück, sondern auch eine Chance.

„Vielleicht hat er eine solche Sache gebraucht, um aufgerüttelt zu werden", meinte sie. „Hast du ihm von dem maskierten Eindringling erzählt?"

„Ja, ich war heute Vormittag bei ihm im Krankenhaus. Er war schockiert, aber gleichzeitig auch erleichtert, dass die Polizei die Identität des Unfallfahrers ohne sein Zutun herausgefunden hat. Und es hat ihn tief beeindruckt, dass extra ein Polizist vor seiner Tür sitzt, um ihn zu beschützen. Im Moment will er alles tun, um aus der üblen Geschichte herauszukommen."

„Und der Polizist, der gestern bei dir war? Glaubst du, dass der euch helfen wird?"

„Er meint, dass man Stefan nicht viel anhängen kann. Er sei in dieser Drogendealgeschichte nur ein ganz kleines Rädchen. Die wollen an die Hintermänner ran, und die kriegen sie über den Typen, den sie gestern hier einkassiert haben, viel eher als über Stefan. Vielleicht läuft es darauf hinaus, dass Stefan nur als Zeuge gebraucht wird."

„Vielleicht solltest du dich trotzdem nach einem guten Anwalt umsehen."

„Der einzige Anwalt, den ich kenne, ist Veronikas Mann. Und wenn ich mir vorstelle, dass Stefans Probleme im Hause Johannsen am Mittagstisch erörtert werden… Da kann sich Stefan an unserer Schule doch nicht mehr sehen lassen, und ich womöglich auch nicht."

„Ich glaube nicht, dass das passieren wird. So ein Anwalt unterliegt doch der Schweigepflicht. Der Johannsen hätte bestimmt nicht so einen guten Ruf, wenn er die Geheimnisse seiner Mandanten ausplaudern würde. Ich brauche vielleicht auch einen Anwalt. Mein Mann will mir zwar bei der Suche nach meinem Kind helfen, aber er kommt vielleicht an Grenzen, die nur ein Anwalt mit den entsprechenden Befugnissen überwinden kann. Da hab ich auch schon an den Johannsen gedacht."

„Habt ihr schon konkrete Schritte unternommen?", fragte Hanna, die froh war, für kurze Zeit von ihren eigenen Problemen abgelenkt zu werden.

„Piet sucht mit Hilfe eines Kollegen, der zurzeit in den USA arbeitet, nach meiner damaligen Gastfamilie. Und ich habe meinen Mut zusammengekratzt und meinen Eltern alles erzählt."

„Das war sicher schwierig für dich. Wie haben sie reagiert?"

„Es war schrecklich, das kannst du dir gar nicht vorstellen. Meine Mutter vor allem war völlig außer sich. Sie hat mich als Flittchen beschimpft, als sexbesessenes Monster, das die erste Gelegenheit ergriffen hat, mit dem nächstbesten Mann ins Bett zu springen. Dass es da irgendwo auf der Welt ein Enkelkind von ihnen gibt, hat sie beide gar nicht interessiert. Als Frucht der Sünde haben sie es bezeichnet. Das hätte sogar ich, die ich meine Eltern zur Genüge kenne, nicht erwartet. Und weißt du, was ich am schlimmsten fand? Dass ich mein Kind im Stich gelassen habe, das haben sie mir nicht vorgeworfen, das schienen sie irgendwie ganz in Ordnung zu finden. Wenigstens hab ich ihnen die Frucht der Sünde nicht in ihr bigottes Haus gebracht. Vermutlich hoffen sie, dass meine Suche erfolglos bleibt.

Du wirst es vielleicht nicht glauben, aber sie haben mir deutlich zu verstehen gegeben, dass ich ihnen das alles besser nicht hätte erzählen sollen. Sie hätten lieber das Bild behalten, das sie sich von mir gemacht hatten. Die Wahrheit passt nicht in ihr Weltbild, deshalb wollen sie sie nicht hören. Sie nehmen sie am liebsten nicht zur Kenntnis. Allenfalls insofern, dass sie jetzt eine religiöse Erklärung dafür haben, warum meine Ehe kinderlos geblieben ist: Der liebe Gott persönlich hat sich darum gekümmert, dass so ein moralisch verkommenes Subjekt wie ich nicht auch noch Kinder großziehen darf."

„Das darf doch alles nicht wahr sein!"

„Ist es aber! Trotzdem fühle ich mich von einer Last befreit. Wenn ich diesen Mut schon damals gehabt hätte, hätte ich mein Kind bestimmt nicht weggegeben. Jedenfalls sind wir im Streit auseinander gegangen, nachdem ich ihnen mal erklärt habe, wie groß ihr eigener Anteil an meinem sogenannten Fehltritt war, und dass für mich selbst meine Schuld nicht darin bestand, ohne den Segen der Kirche mit einem Jungen geschlafen zu haben, sondern danach nicht zu meinem Kind zu stehen. ‚Dein *Kind*!' hat meine Mutter abfällig gesagt, als könnte es sich bei so einem Kind nur um ein satanisches Monstrum handeln. Ich glaube, ich will meine Eltern nie mehr wiedersehen."

„Sag nie nie", gab Hanna zu bedenken. „Gib ihnen Zeit, das alles zu verarbeiten. Schließlich bist du ihre einzige Tochter. Sie werden dich sicher nicht verlieren wollen, bloß um ihre überholten Moralvorstellungen weiterhin hochzuhalten."

„Eines sag ich dir: Sie werden meine Tochter – falls ich sie überhaupt finde! – nie zu sehen bekommen, wenn sie nicht auf dem Bauch angekrochen kommen und mich für ihre Worte um Entschuldigung bitten!"

*

Ingeborg hatte eine E-Mail von Rüdiger:

Liebes Schwesterchen,

du hattest völlig Recht, dich aus Muttis Umklammerung zu lösen. Ich weiß, wovon ich rede, denn mir ging es auch so, dass alles, was ich machte, nicht gut genug war. Das war auch der Hauptgrund, warum ich ins Ausland gegangen bin. Ich wollte endlich meinen Wert für mich selber definieren und nicht über Geld, Karriere und eine gesellschaftliche Position. Mir fehlte in unserem Elternhaus buchstäblich die Luft zum Atmen.

Von dir hatte ich immer gedacht, du bist die Starke, du kannst alles stemmen, was von dir verlangt wird. Wenn ich geahnt hätte, wie sehr du unter der Situation mit Mutti unter einem Dach leidest, hätte ich dir schon viel früher zugeredet, klaren Tisch zu machen. Schließlich sind wir vier Geschwister, und wenn Mutti meint, sie kann nicht alleine leben, soll sie ruhig mal reihum bei jedem von uns wohnen. Ich kann dir aber jetzt schon sagen: Es wird ihr bei keinem von uns behagen, denn niemand wird die Zeit und Geduld aufbringen, ihren Ansprüchen zu genügen und ihren Launen nachzugeben. Ein Wunder, dass du es so lange ausgehalten hast.

Was ihren Aufenthalt bei Greta betrifft, so müssen wir damit rechnen, dass Viktor schon bald dafür sorgen wird, sie wieder loszuwerden. Bleib du dann bloß hart. Sie kann gerne zu uns kommen, wenn sie es schafft, einen Flug in die USA zu organisieren. Seit unser Ältester im College ist, haben wir sogar ein Kämmerchen frei für die Oma.

Liebe Grüße und alles Gute

Rüdiger

Für Ingeborg kam diese E-Mail genau im richtigen Moment. Sie hatte in der Nacht schon wieder von Mutti geträumt. Ihr leidender, vorwurfsvoller Blick hatte sie den ganzen Tag über verfolgt. Aber noch schlimmer war, dass sie im Traum hemmungslos auf Greta eingeschlagen hatte. Zum Glück hatte sie keinen Psychiater – auch wenn Viktor meinte, dass sie einen brauchte –, denn wer weiß, was der in diesen Traum hineininterpretieren würde. Womöglich sogar die Wahrheit, nämlich dass Ingeborg immer noch neidisch und wütend auf Greta war, die nicht arbeiten musste und ein luxuriöses Leben führte. Und dass sie Schuldgefühle hatte, weil sie unfreundlich zu Mutti gewesen war.

Rüdigers Worte entlasteten sie. Sie war eine von vieren. Wieso sollte sie allein für ihre Mutter zuständig sein? Aber trotzdem – es hätte nicht so hässlich ausarten dürfen. Eine Mutter bleibt schließlich immer eine Mutter. Ingeborg versuchte, sich an Situationen zu erinnern, in denen Mutti noch nicht die anspruchsvolle, nörgelnde alte Frau war. Sie wollte sich an Erinnerungen festhalten, in denen sie Liebe und Zuwendung von Mutti bekommen hatte. Es fiel ihr spontan nichts ein.

Alles, was aus der Tiefe der Erinnerung hochkam, waren Anstrengungen, die sie, Ingeborg, unternommen hatte, um Anerkennung zu bekommen. Sie war diejenige, die immer brav ihre Spielsachen aufräumte, die später unaufgefordert ihre Hausaufgaben erledigte, die gute Zeugnisse nach Hause brachte. Aber was hatte es ihr genutzt? Sie wurde dazu verdonnert, Greta, die ohnehin schon alles hatte, durch Nachhilfeunterricht auch noch zu guten Noten zu verhelfen. Es kam ihr so vor, als habe sie immer versucht, dem Ungeliebtsein durch Leistung zu entkommen. Aber letzten Endes war sie dann doch nie wirklich entkommen.

Die guten Momente im Leben, an die sich Ingeborg erinnern konnte, hatten alle nichts mit ihren Eltern zu tun, allenfalls mit deren Abwesenheit. Sie wusste noch genau, wie sie sich gefühlt hatte, als sie ganz alleine zum Schüleraustausch nach Frankreich fuhr, im Gepäck Muttis Ermahnungen, sich anständig zu verhalten, Angst, dieser Forderung nicht richtig nachzukommen – und die Vorfreude auf vier Wochen ohne Familie, ohne ständige Vergleiche mit der göttlichen Greta, ohne häusliche Verpflichtungen, die von allen als Selbstverständlichkeit angesehen wurden. Und mit jedem Kilometer, die der rollende Zug sie von zu Hause entfernte, fühlte sie sich leichter. Wie eine Feder schwebte sie dahin, dem richtigen Leben entgegen. Einem Leben, in dem die Menschen sie lieben und schätzen würden, in dem sie ganz sie selbst sein durfte.

Sie hatte diese Bahnfahrt als den Beginn eines besseren Lebens empfunden. Die Mitreisenden in ihrem Abteil bewunderten sie, weil sie so gut Französisch sprach. Sie wurde in die Gespräche mit einbezogen. Wenn sie etwas nicht gleich verstand, erklärte man ihr geduldig die einzelnen Wörter. Sie musste gar nicht perfekt sein. Allein schon die Tatsache, dass sie nach Frankreich fuhr, um Land und Leute und die Sprache kennenzulernen, brachte ihr eine Welle von Sympathie entgegen. Da war die ältere Dame, die darauf bestand, ihr Picknick mit Ingeborg zu teilen. Und dann die beiden jungen Männer, die ihr Tipps gaben, was sie alles anschauen sollte. Sie fühlte sich wie ein besonders willkommener Gast in diesem Land, und noch bevor sie am Ziel war, wo sie von ihrer Gastfamilie auf dem Bahnsteig in Empfang genommen wurde, wusste sie: Hier will ich einmal leben!

Nur, ihr Leben hatte sich nicht wirklich verändert. Als sie nach diesen vier wunderbaren Wochen wieder nach Hause kam, fiel sie schneller als sie denken konnte wieder in den alten Trott. Sie hätte so vieles zu erzählen gehabt, aber keiner interessierte sich dafür. Die kleine Greta war mit ihren 13 Jahren zum ersten Mal verliebt, und das war ja ach so süß und ach so wichtig. Also verschloss Ingeborg ihre französischen Impressionen in ihrem Herzen und schlüpfte ganz schnell wieder in ihre gottgegebene Nebenrolle als tüchtige Intelligenzbestie, während Greta die jugendliche Liebhaberin auslebte.

Nun ja, auch Ingeborg hatte später die eine oder andere Romanze. Aber klugerweise hielt sie ihr Liebesleben von der Familie fern, vor allem nach der Erfahrung mit Theo. Theo arbeitete in der Autowerkstatt, in die Ingeborg ihr erstes Auto, einen klapprigen VW Käfer, öfter bringen musste. Er hatte ölverschmierte Hände, die auch nach ausgiebigem Waschen nie so ganz sauber wurden. Wozu auch? Sie wurden ja doch am nächsten Tag gleich wieder schmutzig. Er hatte kein Abitur, aber ein sonniges Gemüt und viel Sinn für Humor. Für Ingeborg ging selbst am trübsten Novembertag die Sonne auf, wenn sie in sein freundliches Gesicht sah. Wäre ihr Auto nicht ohnehin so eine Schrottkiste gewesen, sie hätte wahrscheinlich absichtlich ein paar Schrauben gelockert, um einen Grund zu haben, in die Werkstatt zu fahren. Manchmal blieb sie gleich da und sah ihm bei der Arbeit zu. Irgendwann schien es dann ganz normal, dass sie sich verabredeten. Und eines Tages übersprangen sie den Graben, an dessen Grund die gesellschaftlichen Unterschiede lauerten, und schwebten auf einer rosa Wolke einer gemeinsamen Zukunft entgegen.

Heute dachte Ingeborg: Wir hätten gleich aufs Standesamt gehen sollen. Stattdessen gingen sie zu Ingeborgs Eltern, damit diese ihren künftigen Schwiegersohn kennlernen sollten. Mutti warf nur einen Blick auf den gutaussehenden jungen Mann in legerer Kleidung – Theo besaß nicht einen einzigen Anzug, wozu auch? – und schon stand ihr Urteil fest: Den wollte sie nicht als Schwiegersohn, der passte nicht ins Ambiente.

Also unterzog sie Theo einer Befragung, die sich gewaschen hatte. Ingeborg wusste heute noch die meisten Fragen wortwörtlich.

„Wo haben Sie studiert?"

„Ich habe nicht studiert."

„Aber Sie haben doch sicher Abitur!"

„Nein. Wozu auch? Ich bin Automechaniker."

Darauf Mutti, mit hochgezogenen Brauen: „Was arbeiten Ihre Eltern?"

„Mein Vater ist Maurer und meine Mutter geht putzen."

Es war ein schöner Frühlingstag, aber die Temperatur in Kleins Wohnzimmer näherte sich entschlossen dem Gefrierpunkt, ohne dass Ingeborg etwas dagegen tun konnte. Ingeborgs Vater versuchte, die Lage zu entspannen, indem er vom Arbeitsleben weg zur Freizeitgestaltung überleitete. Allerdings war seine Frage „Spielen Sie Golf?" auch nicht wirklich geeignet, damit Theo ihn ins Herz schließen konnte. Und Theos ehrliche Antwort „Nein, ich bevorzuge Fußball, Golf repariere ich nur," löste nicht etwa herzhaftes Lachen aus, sondern ließ Muttis Augenbrauen endgültig in der gepflegten Stirnlocke verschwinden.

Während der gesamten Befragung verharrte Ingeborg in einer Art Schockstarre. Schließlich fragte Mutti mit beredtem Blick auf Theos Hände:

„Möchten Sie sich vielleicht noch die Hände waschen, bevor wir zu Tisch gehen?"

Da erhob sich Theo zu seiner vollen Länge von 1,85 Metern und sagte lauter als nötig gewesen wäre:

„Nein danke, Wozu auch? Ich gehe nicht zu Tisch, ich zieh mir jetzt am Stehimbiss eine Currywurst rein."

Dann machte er auf dem Absatz kehrt und knallte im Abgang noch kräftig die Tür zu, so dass die kostbaren Kristallgläser in der Vitrine gefährlich zu klirren anfingen. Mutti ließ ein glockenklares Lachen hören und sagte:

„Na, den wären wir ja zum Glück los. Wo um alles in der Welt hast du denn den aufgegabelt?"

Da erwachte Ingeborg aus ihrer Starre und stürzte hinter Theo her. Aber sie sah nur noch, wie er mit quietschenden Reifen um die Ecke verschwand, als wäre der Teufel hinter ihm her. Sie sah ihn genau einmal noch wieder, als er aus ihrer Wohnung seine Zahnbürste und seinen Rasierapparat holte. Sein Schlusswort unter sechs glückliche Monate war:

„Als nächste Freundin suche ich mir eine Vollwaise."

Es war ein klassischer Fall von „Es waren zwei Königskinder, die hatten einander so lieb. Sie konnten zusammen nicht kommen, das Wasser war viel zu tief." Der Jüngling Theo war zwar rüber geschwommen, aber die falsche Nonne in Gestalt von Mutti Klein hatte ganze Arbeit geleistet. Am Ende war nicht der Jüngling ertrunken, sondern Ingeborg, und zwar in einem Meer von Selbstmitleid. Wie erbärmlich, dass sie erst jetzt, Jahrzehnte später, den Mut gefunden hatte, sich frei zu schwimmen.

Karin hatte ihre OP hinter sich und durfte schon Besuch haben. Hanna besuchte sie als erste der Freundinnen, da sie ohnehin Stefans wegen im Krankenhaus war. Karin war zwar blass – wer ist das nicht auf diesen schrecklichen weißen Kopfkissen? –, aber sie wirkte sehr gefasst und abgeklärt, als hätte der körperliche Eingriff nicht das Geringste mit ihrer Seele zu tun. Sie lächelte, als sie Hanna mit ihrem großen Blumenstrauß sah.

„Wie schön, dich zu sehen", begrüßte sie die Freundin.

„Wie geht es dir?", fragte Hanna. „Du siehst schon wieder ganz munter aus."

„Es war gar nicht so schlimm", gestand Karin. „Sie mussten nicht so viel wegschneiden, wie ich befürchtet hatte. Es gibt da wohl auch ganz gute Möglichkeiten mit Hilfe von plastischer Chirurgie. Aber jetzt bin ich erst einmal froh, dass ich mich der Sache gestellt habe. Wenn mich Ingeborg nicht so brutal zusammengefaltet hätte, hätte ich noch ewig gewartet. So wie es jetzt ist, kann ich hoffen, dass der Krebs weg ist."

„Ich bin auch froh, dass du es hinter dir hast. Du bist trotzdem immer noch die Schönste im Lande."

Die beiden unterhielten sich noch eine Weile. Dann stand Hanna auf und sagte: „Ich muss jetzt los. Mein Sohn liegt nämlich auch hier."

„Oh", rief Karin aus. „Was hat er denn?"

„Er hatte letzten Freitag einen Autounfall, aber er hatte Glück. Seine Verletzungen sind relativ harmlos. Er wird wohl bald entlassen. Bloß mein Auto ist schrottreif."

„Wie kommst du denn jetzt zur Schule?"

„Mit dem Bus. Das kostet mich zwar eine Menge Zeit, aber es ist machbar."

„Weißt du was? Du kannst mein Auto haben. Ich bin doch sowieso noch eine Weile aus dem Verkehr gezogen. Markus soll es dir vorbeibringen."

„Das ist aber lieb von dir! Ich muss in der Tat eine Menge regeln, da hilft es natürlich sehr, mobil zu sein. Ich nehme dein Angebot dankend an. Und du, pass gut auf dich auf. Bis bald."

Auf dem Weg zu der Station, auf die Stefan verlegt worden war, wappnete Hanna sich innerlich für die Auseinandersetzung mit Stefan, die ihr heute bevorstand.

„Na, Kleiner, wie geht es dir heute?", fragte sie munter.

Stefan war nicht so munter. Er war schlecht gelaunt und muffig, wie sie ihn die letzten Wochen fast ausschließlich erlebt hatte. Er konnte schon wieder aufstehen, aber er durfte die Station nicht verlassen und auch nur kontrolliert Besuch bekommen. Es handelte sich um eine Station in der Psychiatrie, wo die Ärzte ihn zur Entgiftung noch ein paar Tage behalten wollten.

„Ich will raus", maulte er. „Ich dreh hier noch durch. Da kann ich ja gleich in den Knast gehen.

„Hör mir mal gut zu", sagte Hanna schärfer, als sie gewollt hatte. „Du wirst jetzt genau das tun, was erwachsene und erfahrene Menschen für gut halten. Statt schon wieder aufsässig zu sein, solltest du lieber dankbar sein, dass du so vergleichsweise glimpflich aus dem ganzen Schlamassel raus kommst. Ich war gestern bei der Drogenberatung und habe mich nach Therapieeinrichtungen erkundigt."

„Was fällt dir ein", brauste Stefan auf. „Ich hab keine Zeit für eine Therapie. In ein paar Monaten mach ich Abitur."

„Mach dir doch nichts vor. So wie es im Moment aussieht, wirst du vielleicht nicht einmal zur Prüfung zugelassen. Du kannst in die zwölfte Klasse zurückgehen, deine Lücken aufarbeiten und nächstes Schuljahr zum Abitur antreten. Da bleibt dann auch genügend Zeit für eine Therapie. Und wenn dir das alles zu peinlich ist, bleibt immer noch die Möglichkeit, auf ein Internat zu gehen. Vielleicht ist es ohnehin besser, du bleibst nicht hier in der Stadt. Du hast doch hoffentlich auch kein großes Interesse daran, dass dir deine ehemaligen ‚Geschäftspartner' mit dem Messer auflauern. Wer weiß, wie viele da noch frei herumlaufen. Keiner weiß, wie vollständig dein sauberer Kumpel bei der Polizei ausgepackt hat."

Stefan starrte missmutig vor sich hin. „Sieht so aus, als hätte ich nicht groß die Wahl."

„Ja, vielleicht hast du jetzt gerade nicht viele Wahlmöglichkeiten. Aber wenn du es schaffst, von diesem Teufelszeug weg zu bleiben, dann steht dir die Welt wieder offen. Mit genügend Zeit kannst du bestimmt auch ein besseres Abitur machen, als wenn du es unbedingt jetzt gleich durchziehen willst. Noch wichtiger als dein Abitur ist allerdings, dass du dauerhaft von den Drogen weg kommst, und das geht nur mit einer richtigen Therapie, die mehrere Monate dauern kann."

„Mehrere Monate lang eingesperrt", stöhnte Stefan.

„Du hast dein ganzes Leben noch vor dir. Was sind da schon ein paar Monate, um wieder in die Spur zu kommen, nachdem du schon mal ganz dicht am Abgrund warst. An deiner Stelle wäre ich mal ganz still und bescheiden." Das hätte ich jetzt nicht sagen sollen, dachte Hanna im nächsten Moment und biss sich auf die Lippen. Still und bescheiden war er lange genug, nachdem sein Vater ihn quasi verstoßen hatte.

Aber Stefan regierte ganz vernünftig. „Ich will ja ehrlich gesagt auch gar nicht so weitermachen", gab er zu. Und dann, leise und verzagt: „Glaubst du, ich schaffe das?"

„Ja", antwortete Hanna mit fester Stimme, „das glaube ich ganz bestimmt. Du bist mein Sohn, und wir beide lassen uns nicht unterkriegen."

„Mama", Stefan griff nach Hannas Hand, „Es tut mir leid, dass dein Auto kaputt ist. Wie kommst du jetzt zur Schule?"

„Du bist heute schon der zweite, der mich das fragt. Aber mach dir darüber keine Gedanken. Karin Brückner leiht mir ihr Auto, bis ich wieder eins habe. Außerdem war es versichert. Und weißt du was? Wenn du hier raus darfst, kannst du mich beraten. Wir suchen uns zusammen ein neues Auto aus."

„Wirklich?" In Stefans Stimme und Gesicht war zum ersten Mal seit langer Zeit so etwas wie Freude zu erkennen.

Als Hanna wenig später das Krankenhaus verließ, war ihr so leicht ums Herz wie schon lange nicht mehr. Und als zu Hause das Telefon klingelte und Volker Winter sie fragte, ob sie Lust hatte, mit ihm essen zu gehen, sagte sie zu mit dem sicheren Gefühl, dass die Dinge dabei waren, sich zum Guten zu wenden.

*

„Ich hab Nachricht von Philip aus den USA!" Mit diesen verheißungsvollen Worten stürmte Piet ins Haus. Lisa, die gerade Salat für das Abendessen schnippelte, blickte gespannt auf.

„Wirklich? Das ging aber schnell."

„Deine damalige Gastfamilie lebt tatsächlich noch an derselben Adresse. Und wie du schon gesagt hast, lief die Adoption nicht über eine Agentur, sondern offenbar hat dein Gastvater in seiner Eigenschaft als Anwalt die Adoption vermittelt."

„Hat Philip mit ihm gesprochen?"

„Ja, hat er. Aber der Typ versteckt sich hinter seiner anwaltlichen Schweigepflicht. Immerhin haben wir jetzt einen Anhaltspunkt."

Lisa bekam ganz weiche Knie und musste sich schnell setzen. Piet nahm ihr das Küchenmesser aus der Hand und brachte ihr ein Glas Wasser. Dann fuhr er fort:

„Philip hat noch was Interessantes rausgefunden: Das Papier, das du unterschreiben musstest, ist rechtlich nicht in Ordnung. Es gibt ein Gesetz, wonach die leibliche Mutter erst zehn Tage nach der Geburt einer Adoption zustimmen darf. Die haben dich aber direkt nach der Entbindung zur Unterschrift unter die Verzichtserklärung gezwungen."

„Heißt das, dass die Adoption gar nicht wirklich rechtskräftig ist?" Lisa war ganz aufgeregt.

„Es könnte darauf hinauslaufen. Und da ist noch was: Es gibt in den USA eine Organisation, die die Rechte von leiblichen Eltern unterstützt, CUB – das steht für Concerned United Birthparents. An die könnten wir uns auch wenden, wenn wir alleine nicht weiter kommen. Auf jeden Fall scheint das gar nicht so schwierig zu sein, wie ich mir zuerst vorgestellt hatte. Ich hätte nicht geglaubt, dass wir so schnell Ergebnisse bekommen würden."

„Wie gehen wir jetzt weiter vor?", fragte Lisa, die immer blasser um die Nase wurde. Piet blickte sie besorgt an.

„Liebes, kipp mir bloß nicht aus den Latschen. Freu dich, das sind doch gute Nachrichten!"

„Das kommt alles ein bisschen plötzlich. Was passiert denn als Nächstes?"

„Ich glaube, als allererstes musst du dir darüber im Klaren sein, was du tun willst, wenn die Adoptivfamilie tatsächlich gefunden wird."

„Darüber denke ich seit Wochen nach. Ich kann diese Frage nicht beantworten. Alles hängt davon ab, in welchen Lebensumständen mein Mädchen lebt. Also es ist ja schon ein Unterschied, ob es ihr gut geht in der Adoptivfamilie, ob sie all die Chancen und die Zuwendung bekommt, die ich ihr gerne gegeben hätte – oder ob sie schlecht behandelt wird, unglücklich ist…" Lisa kamen bei dem Gedanken an eine solche Möglichkeit schon wieder die Tränen.

„Ich mach dir einen Vorschlag: Wir besorgen uns einen Anwalt, der sich um die rechtliche Seite kümmert. Ein Anwalt kommt gegen einen anderen Anwalt leichter an als wir Laien. Der wird bestimmt die Adresse der Familie leichter herausfinden als wir oder Philip, wenn der deinem Gastvater die entsprechenden Paragrafen um die Ohren knallt. Wenn das geklärt ist, fliegen wir so schnell wie möglich in die Staaten und schauen uns unauffällig im Umfeld der Familie um, bevor wir offen Kontakt aufnehmen. Und je nachdem was bei unseren privaten Recherchen rauskommt, entscheiden wir über unser weiteres Vorgehen. Das heißt, natürlich ist es deine Entscheidung – und ich verspreche dir, was immer du beschließt, ich werde es mittragen."

„Piet, kannst du mich mal kneifen? Ich weiß nicht, ob ich das alles nur träume."

*

Bei Ingeborg klingelte das Telefon. Nach einem Blick auf die Nummer nahm sie ab. „Hallo, Greta", sagte sie resigniert. Aus mit der Aussicht auf einen geruhsamen Abend!

„Hier ist Viktor", kam es zurück. Oje, der Kotzbrocken persönlich!

„Ich höre", sagte sie reserviert.

„Ich fliege nächste Woche zu einer Konferenz nach Rio", informierte Viktor seine Schwägerin.

„Wie schön für dich. Gute Reise!", gab Ingeborg zurück und beendete das Gespräch, weil sie auf das Gelaber ihres Schwagers nicht die geringste Lust hatte. Ein paar Sekunden später klingelte es erneut.

„Greta wird mich begleiten", setzte Viktor das Gespräch fort, als hätte es keine Unterbrechung gegeben. „Deshalb muss deine Mutter wieder zu dir zurück."

„Ich verstehe den Zusammenhang nicht." Ingeborg machte es Spaß, sich doof zu stellen. „Ich hatte in den letzten Jahren auch viele Konferenzen, zwar nicht gerade in Rio, aber Mutti konnte da immer ganz gut allein bleiben. Sie hat auch zwei Wochen Studienfahrt ohne meine Anwesenheit in meiner Wohnung überlebt. Wo ist also das Problem?"

„Die Frau ist traumatisiert. Sie kann nicht alleine in diesem großen Haus bleiben."

„Wieso traumatisiert? Habt ihr sie etwa schlecht behandelt?"

„Du weißt ganz genau, dass sie bereits traumatisiert zu uns kam."

„Ach, das ist ja interessant. Bei mir hat sie sich ihre Traumata geholt, und jetzt wollt ihr sie ausgerechnet bei mir abstellen? Das kann ich nicht verantworten. Gib mir mal Greta."

„Greta kann jetzt nicht mit dir sprechen. Sie ist mit den Nerven völlig am Ende. Du glaubst ja gar nicht, wie anstrengend eure Mutter ist."

„Doch, das glaube ich nicht nur, das weiß ich aus zehnjähriger Erfahrung. Schon vergessen? Trotzdem schön, dass sie jetzt wenigstens unsere Mutter ist, und nicht mehr nur meine. Du kannst Greta von mir ausrichten, wenn sie schon nach zehn Tagen anstatt nach zehn Jahren am Ende ihrer töchterlichen Kraft und Fürsorge angelangt ist, soll sie sich bitte an einen unserer Brüder wenden. Ich bin erst in 30 Jahren wieder dran. Schönen Abend noch!" Damit beendete sie erneut das Gespräch und stöpselte vorsichtshalber das Telefon aus. Noch mehr Viktor konnte sie nicht ertragen, nicht mal als keifende Stimme auf dem Anrufbeantworter. Dann schenkte sie sich zur Beruhigung ein schönes Glas Rotwein ein.

*

Veronika war mit ihrem Leben unzufrieden – ein völlig neues Gefühl für die Superfrau. Sie, die es gewohnt war, das Leben nach ihren Vorstellungen zu planen und diese Planung gnadenlos durchzusetzen, sie war auf einmal Entwicklungen ausgesetzt, die ihrem Einfluss zu entgleiten drohten. Die Pfeiler, auf denen sie ihr Lebensglück aufgebaut hatte – Familie und soziales Ansehen – waren ins Wanken gekommen. Werner ging ihr aus dem Weg. Er verbrachte seine Nächte weiterhin im Gästezimmer. Nicht, dass ihr der Sex fehlte. Diese Seite des

Ehelebens war für sie von Anfang an nur Mittel zum Zweck gewesen. Mit der körperlichen Hingabe hatte sie sich den Weg in höhere Gesellschaftsschichten erkämpft. Oder sollte sie besser sagen erkauft? Nein, das klang nicht gut, das klang nach Prostitution, nach schäbig und schmutzig. So hatte sie sich nie dabei gefühlt. Schon dass sie der Gedanke an derartige Zusammenhänge gestreift hatte, ließ sie frösteln.

Aber es ging um den äußeren Schein. Jeden Morgen, nachdem Werner in die Kanzlei verschwunden war und bevor Natascha zum Saubermachen kam, räumte sie eigenhändig das Gästezimmer so auf, dass man nicht sehen konnte, dass jemand da geschlafen hatte. Zu einer perfekten Ehe gehörte in Veronikas Vorstellung, dass die Partner Tisch und Bett teilten. Nicht mal vor der Putzfrau sollte dieses Bild einen Kratzer bekommen. Solange nach außen hin alles stimmte, konnte Veronika sich vormachen, dass alles in Ordnung war.

Die Kinder waren momentan auch kein Trost. Als würden sie den schwindenden Einfluss ihrer Mutter ahnen, wurden sie frech, ja manchmal richtig unverschämt. Die schulischen Leistungen, die ohnehin meist nur mittelprächtig waren – vor allem wenn man den Bonus abzog, den sie als Kollegenkinder bekamen – waren zumindest bei Nick dabei, abzustürzen. Wäre Veronika imstande, sich selbst gegenüber ehrlich zu sein, müsste sie zugeben, dass Nick den steigenden Anforderungen nicht wirklich gewachsen war. Aber so weit war sie noch lange nicht, und die Kollegen würden sich hüten, derartige Eindrücke auszusprechen und womöglich ein Beenden der Schullaufbahn nach der 10. Klasse zu empfehlen – wer wollte sich schon unnötig mit Veronika anlegen?

Trotzdem war es höchste Zeit, eine Aussprache mit Werner herbeizuführen. Dass eine Tochter aus einer früheren Beziehung aufgetaucht war, störte zwar das Bild, das sie der Öffentlichkeit zu präsentieren gewohnt war. Aber es musste doch kein Grund sein, ihre eigene Position als Ehefrau eines erfolgreichen Anwalts zu verlieren. Werner durfte nur auf gar keinen Fall herausfinden, welche Rolle sie beim Verschwinden jenes mysteriösen Briefes gespielt hatte. Dann könnte sich eventuell alles noch mal einrenken, und Veronika könnte ihre davon schwimmenden Felle respektive Pelze wieder in trockene Tücher verstauen.

*

Volker Winter hatte Hanna in ein kleines Restaurant mit französischer Küche geführt. Sie unterhielten sich zuerst über Stefan, dann über Volkers gescheiterte Ehe. Hanna erfuhr, dass er sich nach seiner Scheidung zum Streifendienst hatte versetzen lassen, um einigermaßen verlässliche Arbeitszeiten zu haben, die es ihm erlaubten, sich um seinen todkranken Sohn zu kümmern. Im Moment betrieb er seine Rückkehr zur Kripo.

Beim Hauptgericht waren die beiden beim „du" gelandet. Es geschah ganz zwanglos, als hätten sie sich in Gedanken schon lange geduzt. Dann kam die Rede wieder auf den Abend, als Hanna mit dem Messer bedroht worden war.

„Eines wollte ich dich die ganze Zeit schon fragen", sagte Hanna. „Du hattest doch keine Dienstwaffe mit. Womit hast du den jungen Mann eigentlich bedroht?"

„Das war ganz einfach", lachte Volker. „Ich hab ihm die Fernbedienung deines Fernsehers zwischen die Schulterblätter gerammt. Zusammen mit meinem autoritären Bullenjargon hat das gereicht, ihn einzuschüchtern."

„Was glaubst du, wie es für Stefan jetzt weitergeht? Wird es einen Anzeige geben?"

„Nein. Offiziell hat er ja nichts getan. Er stand zwar unter Drogen, aber das Auto hat ganz zweifellos der andere gefahren. Und was das Dealen betrifft, so kann der andere erzählen, was er will. Nach dem Angriff auf dich ist er alles andere als glaubwürdig. Für die Polizei ist Stefan Opfer und nicht Täter. So steht es jedenfalls in den Protokollen, und so solltet ihr beide das auch sehen. Er soll eine Chance bekommen, sein Leben wieder in den Griff zu kriegen. Hast du mit ihm über eine Therapie gesprochen?"

„Ja. Er war zwar der Meinung, er sollte möglichst schnell Abitur machen, aber das hab ich ihm wohl bereits erfolgreich ausgeredet. Ich wünsche mir so sehr, dass er die Therapie auch auf eigenen Wunsch durchzieht, und nicht nur weil ich ihn dazu zwinge."

Volker nahm Hannas Hände in seine. „Das wünsche ich auch für euch beide. Aber du weißt schon, dass es keine Garantie gibt. Sucht ist eine ganz üble Krankheit."

„Mach mir doch keine Angst!"

„Ich will dir keine Angst machen. Ich spreche nur aus beruflicher Erfahrung. Aber ich bin sicher, dass du eine gute Mutter bist, und seine Chancen deshalb gut stehen. Und wenn ich dir helfen kann, ich bin gerne für dich da. Ich finde, du hast es verdient, glücklich zu sein."

„Das fühlt sich an wie der Beginn einer langen Freundschaft."

„Ich hoffe, das wird es!"

*

Und wieder einmal war Mittwoch. Diesmal trafen sich die Frauen bei Lisa. Karin war nicht dabei. Sie befand sich inzwischen in einer Reha–Klinik, um Kräfte zu sammeln für die danach notwendige Chemotherapie. Ingeborg, die die engste Beziehung zu Karin hatte, richtete Grüße aus.

„Es ist schon erstaunlich", sagte sie, „mit welcher Selbstverständlichkeit und Gelassenheit Karin mit ihrer Krankheit umgeht. Selbst die Vorstellung, dass sie bei der Chemotherapie ihre wunderschönen langen Haare einbüßen wird, schreckt sie nicht mehr. Sie ist so dankbar für alles, was das Leben ihr immer noch bietet."

„Ich habe den Eindruck", warf Lisa ein, „dass es ihr von dem Moment an besser ging, als sie sich entschlossen hatte, ihr Problem nicht mehr länger zu verschweigen. Warum sie wohl so lange damit gewartet hat?"

Hanna meinte: „„Niemand möchte gerne bedauert werden, niemand möchte als Opfer gesehen werden. Vielleicht hatte sie Angst, die eine oder andere könnte schadenfroh sein."

„Das meinst du doch nicht im Ernst!", rief Ingeborg entsetzt aus.

„Doch", fuhr Hanna fort. „Warum tun sich die Menschen denn so schwer, über ihre Probleme zu sprechen? Warum präsentieren sie der Öffentlichkeit ein Bild von sich, in dem etwaige Mängel retuschiert sind? Weil sie sich dem Mitleid und im schlimmsten Fall der Schadenfreude der anderen nicht aussetzen wollen. Lieber verstricken sie sich in ein Lügennetz und verbiegen sich so lange, bis sie sich selbst nicht mehr erkennen."

Veronika sah Hanna interessiert an. „Du redest jetzt aber nicht mehr von Karins verlorener Schönheit?" fragte sie.

Hanna wandte eine Methode an, die bei frechen Schülern schon oft erstaunliche Reaktionen hervorgerufen hatte: Sie schaute Veronika schweigend in die Augen, bis diese beinahe verlegen den Blick abwandte. „Erstens: Warum sprichst du so nonchalant von Karins verlorener Schönheit? Karin wird ihre Schönheit nie verlieren. Karins Schönheit kommt nicht aus dem Make–up–Köfferchen, sondern hat mit ihrem liebenswerten Wesen zu tun. Zweitens: Wie du sicher schon glasklar erkannt hast – sonst hättest du diese indiskrete Frage nicht gestellt –, ich rede nicht von Karin, sondern von mir." Sie räusperte sich und nahm einen Schluck von Lisas köstlichem Kaffee.

„Ihr habt sicher alle schon mitbekommen, dass Stefan einen Unfall hatte und seither nicht wieder in die Schule gegangen ist. Ich könnte euch jetzt sonst was erzählen von Unfallfolgen und Reha-Maßnahmen. Aber ich will mich nicht länger verbiegen.

Kurz und gut, oder vielmehr schlecht: Stefan nimmt seit Monaten Drogen. In der Unfallnacht war er so zugedröhnt, dass er mein Auto nicht mehr selber fahren konnte. Einer der fragwürdigen Typen, mit denen er sich in letzter Zeit leider eingelassen hat, fuhr mein Auto zu Schrott und ließ Stefan verletzt und bewusstlos im Auto zurück. Zum Glück wurde Stefan kurz danach gefunden und ins Krankenhaus gebracht. Die Sache hat ihn immerhin so weit aufgerüttelt, dass er eine Therapie machen will. Er wird also monatelang nicht zur Schule gehen und, wenn alles gut geht, sein Abitur ein Jahr später als geplant machen. Es kann aber auch sein, dass er es nicht schafft, von den Drogen weg zu kommen. Das ist meine Situation. Ihr könnt mich jetzt bemitleiden oder verachten oder einfach für mich da sein, wenn es mir mal wieder – wie schon oft in den letzten Monaten – den Boden unter den Füßen wegzieht. Auf jeden Fall aber bitte ich euch, mit diesen Informationen diskret umzugehen. Es ist nicht nötig, dass jedes pubertierende Lehrerkind rumposaunt, dass der Sohn von der Weilmann ein Junkie ist."

„Das geht ja wohl mal wieder gegen mich", fuhr Veronika auf.

„Na, wundert dich das etwa?", gab Ingeborg zurück.

Lisa stand auf und legte den Arm um Hannas Schultern. „Ich bewundere dich. Es gibt bestimmt nicht viele, die sich dieser Situation so couragiert stellen würden. Mit dieser aufrechten Haltung wirst du Stefan am besten helfen können."

Auch Ingeborg nahm Hannas Hände und drückte sie mit Wärme. „Ich habe zwar selber keine Kinder, aber wenn ich mir so meine Schüler anschaue, dann habe ich oft den Eindruck, dass ganz viele irgendwann schlimme Zeiten durchmachen. Oft gehen sie gestärkt aus einer solchen Krise heraus. Mit Stefan wird es sicher auch so sein. Und wenn es schwierig wird – wir sind immer für dich da."

Sie warf Veronika einen strengen Blick zu. „Es ist selbstverständlich Ehrensache, dass wir Dinge, die uns vertraulich erzählt werden, für uns behalten. Mach dir wenigstens nicht auch noch darüber Sorgen."

Lisa fügte hinzu: „So eine Geschichte kann schließlich jeden treffen."

Worauf Veronika sagte: „Na dich ja wenigstens schon mal nicht!"

Die anderen drei waren sprachlos. Hanna und Ingeborg starrten Veronika entsetzt an. Dann redeten sie alle plötzlich gleichzeitig.

„Wie kann man nur so etwas Herzloses sagen!" – „Wart nur mal ab, was deine beiden sich noch alles einfallen lassen, bis sie erwachsen sind!" – „Du solltest mal einen Lehrgang in gutem Benehmen machen." – „Geld allein gibt noch keinem Menschen das Recht, andere arrogant abzukanzeln."

Da hob Lisa die Hand. „Hört bitte auf! Veronika, kannst du mir mal erklären, warum du mich immer wieder mit der Nase darauf stoßen musst, dass Piet und ich keine Kinder haben? Kannst du dir nicht vorstellen, dass mir das weh tut? Fühlst du dich toll dabei, andere immer wieder spüren zu lassen, dass sie etwas nicht so gut hingekriegt haben wie du? Ich finde es jedenfalls erbärmlich, dass du mit deinem anscheinend so erfolgreichen Leben diese miese Show nötig hast."

„Richtig!", sagte Ingeborg. „Oder ist dein Leben möglicherweise gar nicht so untadelig? Man muss nicht Psychologe sein, um hinter der permanenten Präsentation deiner tollen Fassade ein finsteres Geheimnis zu vermuten."

Es gehörte wohl mehr dazu, Veronika in Verlegenheit zu bringen, als diese deutlichen verbalen Angriffe. Weit davon entfernt, kleinlaut einzugestehen, dass sie zu weit gegangen war, versuchte sie augenblicklich, der Diskussion wieder eine von ihr gewünschte Richtung zu geben.

„Ich weiß gar nicht, was mit euch plötzlich los ist", sagte sie. „Egal was ich sage, irgendeine fühlt sich immer angegriffen. Ich kann doch nicht ahnen, dass ihr mir gegenüber solche Minderwertigkeitskomplexe habt. Was werft ihr mir denn genau vor? Dass meine Söhne keine Probleme machen? Dass mein Mann eine gut gehende Kanzlei hat? Dass wir deshalb in wirtschaftlicher Sorglosigkeit leben können? Ihr solltet euren Neid besser im Griff haben, das ist nämlich erbärmlich."

Ingeborg holte tief Luft und wollte gerade ein paar verbale Tiefschläge von sich geben, aber Hanna kam ihr zuvor: „Du glaubst, du hast alles. Aber eine entscheidende Sache fehlt dir ganz gewaltig, und die kann man sich leider auch für alles Geld der Welt nicht kaufen. Nennen wir es Einfühlungsvermögen, oder ganz einfach Taktgefühl. Man kann dir erzählen, was man will, du ratterst darüber wie eine Dampfwalze mit Spikes."

Lisa setzte noch eines drauf: „Man könnte auch sagen, du mästest dein Ego mit dem Unglück anderer."

Und Ingeborg griff nochmal Veronikas letzte Sätze auf: „Deine Söhne machen keine Probleme? Wie blind bist du eigentlich? Die verhalten sich doch heute schon nach der Devise: Frechheit siegt! So arrogant und blasiert wie die in unserem Unterricht herum fläzen. Und was deinen schwerreichen Mann mit seiner Kanzlei betrifft, wieso turtelt der dauernd mit seiner Praktikantin rum, wo er doch zu Hause die tollste aller Ehefrauen hat?"

Veronika, immer noch ganz sie selbst, lächelte überlegen. „Du sprichst wohl von Celina. Da musst du etwas gründlich missverstanden haben. Darüber weiß ich ja nun wirklich besser Bescheid als ihr alle. Trotzdem – es bedrückt mich, dass ihr auf einmal eine so feindselige Haltung mir gegenüber habt. Falls ich jemals eine von euch gekränkt habe, so war es nicht mit Absicht. Es tut mir leid, und ich bitte euch um Entschuldigung." Damit stand sie auf und wandte sich an Lisa:

113

„Danke für deinen schönen Kuchen. Ich hoffe, das renkt sich alles wieder ein zwischen uns."

*

Ganz so cool, wie sie getan hatte, war Veronika nun doch nicht. Aber getreu ihrer in langen Jahren bewährten Devise, nach der alles in Ordnung ist, so lange nach außen nichts zu merken ist, war sie souverän mit der Eskalation umgegangen, die sie soeben erlebt hatte. Aber ganz tief in ihrem Innern regte sich ein zaghaftes Stimmchen, das versuchte, ihr mitzuteilen, dass all ihre Schiffe in Gefahr waren und sie dringend einen Kurswechsel vornehmen musste, um den gegenwärtig auf sie zu rasenden Stürmen mit heiler Haut zu entgehen.

Als erstes bekam Nick ihre prekäre Stimmungslage zu spüren. Der Junge fläzte im Wohnzimmer vor dem großen Flachbildfernseher herum und zog sich eine primitive Talkshow rein, die Füße in seinen verdreckten Turnschuhen auf dem Rosenholztischchen deponiert, mitten in einer Pfütze aus verschütteter Cola, die Couch mit Chipskrümeln übersät. Ein Stillleben aus dem Leben eines typischen Unterschichtlers – oder zumindest wie Veronika das sich immer vorstellte.

„Nimm sofort die Füße runter", schnauzte sie ihn an, „und geh auf dein Zimmer!"

Nick würdigte sie keines Blickes, sondern lachte über irgendeinen blöden Witz. Veronika brüllte:

„Mach sofort das Ding aus! Ich rede mit dir."

Nick stellte den Ton lauter. Veronika stürzte sich auf den Fernseher und zog den Stecker raus. Erstaunt blickte Nick endlich auf. „Nun mach dich mal locker", sagte er in herablassendem Ton. „Du solltest deine schlechte Laune nicht an mir auslassen. Ich hab schließlich nichts getan."

„Ja", keifte Veronika weiter, „du hast nichts getan. Wahrscheinlich nicht mal Hausaufgaben gemacht! Den ganzen

Tag verplempern mit schwachsinniger Unterhaltung! Du glaubst wohl, dir fällt alles in den Schoß. Aber das sag ich dir: Für ein anständiges Abitur musst du schon allmählich in die Gänge kommen."

„Ach so. Haben dich deine Kaffeetanten mal wieder gegen mich aufgehetzt? Die trauen sich doch gar nicht, mich schlecht zu benoten, mit einem Anwalt als Vater!"

„Geh mir bloß aus den Augen!" Veronikas Stimme überschlug sich.

Nick stand betont lässig auf und schlurfte nach oben. Phil, der sich gerade eine Tiefkühlpizza gemacht hatte und mit dem dampfenden Teller in der Hand auf dem Rückweg in sein Zimmer war, fragte: „Was war denn da gerade los?"

„Die Alte hat eine Stinklaune. Am besten halten wir uns aus der Schusslinie. Sollen die doch sehen, wie sie miteinander klar kommen wollen."

Veronika hatte alles mitbekommen. Vor allem der letzte Satz war wie ein Schlag in die Magengrube. So weit war es also schon. Die Jungs wussten mehr, als sie geahnt hatte. Und das Schlimmste war: Es schien ihnen gar nichts auszumachen. Es war ja nicht ihr Problem, sondern das ihrer Eltern. Sie war mit Kindern bestraft, die keine Spur von Mitgefühl besaßen. Von wem sie das wohl hatten?

Im Schlafzimmer stand der Vater dieser Kinder am Fenster und sah zu, wie das Herbstlaub von den Bäumen gefegt wurde. Als Veronika den Raum betrat, drehte er sich um.

„Ich muss mit dir reden", sagte er.

„Das wird ja auch langsam Zeit!", giftete Veronika ihn an. „So ist das ja kein Zustand mit uns."

„Ja", meinte Werner, „deshalb will ich diesen Zustand auch beenden."

Veronika wollte schon erleichtert aufatmen, da fuhr er fort: „Ich werde mich von dir trennen."

Veronika taumelte die paar Schritte bis zum Bett und ließ sich darauf nieder, bevor ihre Beine den Dienst versagten. In ihren Ohren rauschte es, als mit lautem Getöse weitere Teile ihres Kartenhauses einstürzten. Sie wollte etwas sagen, aber sie brachte kein Wort heraus. Ihre Gedanken rasten. Wo waren all die Trümpfe, all die Joker, die sie bisher in ihrem Leben für jede noch so absurde Situation parat hatte?

Werner setzte sich in den kleinen Sessel ihr gegenüber. „Ich habe mir lange überlegt, ob ich dich fragen soll, ob du mit dem verloren gegangenen Brief von Katharina zu tun hattest. Nein, sag jetzt nichts!", rief er, als sie sich heftig aufrichtete. „Ich frag dich nicht. Ich will gar keine Antwort. Was immer du sagst, es wird bei mir der Verdacht bleiben, dass du diesen überaus wichtigen Brief in deinem eigenen Interesse hast verschwinden lassen."

„Du machst mich allen Ernstes für eine Schlamperei der Post verantwortlich und trittst dafür 17 Jahre Ehe in die Tonne!"

„Sei doch einmal im Leben ehrlich zu dir selber. Hast du denn in diesen 17 Jahren bekommen, was du dir als junges Mädchen vorgestellt hattest?"

„Spielst du jetzt auf deine vielen Affären an? Die hab ich dir alle verziehen. Schließlich bist du ja letzten Endes immer bei mir geblieben. Das spricht doch für unsere Ehe."

„Hast du dich nie gefragt, warum ich so oft fremdgegangen bin? Hat das nie zu irgendwelchen Selbstzweifeln bei dir geführt?"

„Was bezweckst du mit deinen Fragen? Soll ich mich womöglich noch dafür rechtfertigen, dass ich mit Anstand und Stil über deine Entgleisungen hinweggegangen bin?"

„Da ist es wieder, dein Zauberwort ‚Stil'. Das war dir wichtig. Bloß keinen Wirbel machen, damit ja nichts nach außen durchdringt. Wie ich mich dabei gefühlt habe, was mich dazu gebracht hat, das hat dich nie vorrangig interessiert."

„Das ist jetzt nicht dein Ernst! Ich habe mich nicht genug um deine Gefühle beim Fremdgehen gekümmert! Nein, hab ich in der Tat nicht. Ich hatte in der Situation genug mit meinen eigenen Gefühlen zu tun."

„Du drehst mir das Wort im Mund herum", stöhnte Werner. „Was ich dich gefragt habe, war, ob du dir jemals Gedanken gemacht hast, warum ich immer wieder das Bedürfnis hatte, aus dieser in deinen Augen mustergültigen Ehe auszubrechen. Das waren doch deutliche Signale, dass etwas nicht in Ordnung ist. Aber du bist – mit Anstand und Stil, wie du sagst – darüber hinweg und zur Tagesordnung übergegangen. Hauptsache der äußere Rahmen bleibt intakt. Darunter kann alles vermodern und faulen."

„Vermodern und faulen", gab Veronika zurück, „so siehst du also unsere Beziehung. Was soll ich dazu noch sagen?"

„Du brauchst nichts zu sagen. Die Zeit für ernsthafte Diskussionen ist vorbei, und unsere Ehe auch."

Er stand auf. „Ich werde hier ausziehen. Wir brauchen dringend Abstand voneinander, das ist mir in den letzten Tagen klar geworden. Natürlich werde ich weiterhin für dich und die Jungs sorgen, aber ich kann einfach nicht hier bleiben. Hier fehlt mir die Luft zum Atmen."

Er hätte noch viel mehr sagen können: Dass er durch das Auftauchen von Celina solchen Schmerz über die versäumten Jahre empfunden hatte. Dass er im Grunde seines Herzens immer nur Katharina geliebt hatte. Dass seine Affäre mit Veronika verliebte Verblendung gewesen war und eigentlich eine Affäre hätte bleiben müssen. Wie Veronikas Fixierung auf materielle Dinge und Äußerlichkeiten ihn zunehmend abgestoßen hatte. Wie er bei anderen Frauen die Wärme gesucht hatte, die ihm in Veronikas Nähe gefehlt hatte. Und dass er im Inneren überzeugt war, dass Veronika, dieses intrigante Biest, Katharinas Brief aufgemacht, gelesen und dann vernichtet hatte. Damit hatte sie seinem Leben eine Wendung gegeben, die er aus seiner heutigen Sicht zutiefst bedauerte.

Mit versteinertem Gesicht stand Veronika auf und verließ den Raum. Werner hörte, wie sie in ihr Arbeitszimmer ging, und dann das Geräusch des sich drehenden Schlüssels. Er hatte nicht wirklich Angst, sie könnte sich etwas antun. Das war sozusagen nicht Veronikas ‚Stil‘. Aber er beschloss, noch so lange im Haus zu bleiben, bis sie aus diesem Zimmer wieder heraus kam. Dann rief er nach seinen Söhnen und ging mit ihnen in sein eigenes Arbeitszimmer.

„Hört mal gut zu, ich muss euch etwas erklären…“

*

Ingeborgs Leben hatte sich nach dem Auszug ihrer Mutter stark verändert. Nicht nur, dass sie jetzt viel Zeit für sich selbst hatte, ihr Sozialleben hatte auch einen gewaltigen Aufschwung erlebt. Sie genoss es, spontan mit Kollegen auf ein Glas Wein mitzugehen, ohne sich Gedanken zu machen, wie sie danach Muttis vorwurfsvolles Jammern ertragen sollte. Die Leute, die sie kannte, fingen allmählich an, auch mal bei ihr zu Hause reinzuschneien, nachdem sich rumgesprochen hatte, dass es bei Ingeborg inzwischen viel zwangloser zuging. In der sturmfreien Bude konnte man besser klönen als unter Muttis Aufsicht.

Natürlich hatte sie immer noch nicht ihre Gewissensbisse so richtig im Griff. Zum Glück hatte Rüdiger, mit dem sie in letzter Zeit öfter telefonierte, es geschafft, ihr ein Gefühl für ihr eigenes Recht auf ein selbstbestimmtes Leben zurückzugeben.

Greta und Viktor hatten für die Zeit ihrer Reise nach Rio Mutti in einer gediegenen Seniorenresidenz untergebracht. Na, geht doch, hatte Ingeborg gedacht. Ich bin nicht mehr die, an der alles hängenbleibt. Greta hatte am Telefon angedeutet, dass Mutti vielleicht sogar dort wohnen bleiben würde. Alles schien sich für alle Beteiligten zum Besten zu wenden, und Ingeborg wurde immer ruhiger und gelassener.

Und dann kam Post von Viktor. Der Umschlag enthielt eine Rechnung der Seniorenresidenz „Abendsonne" über 2800 Euro für den laufenden Monat. In einem kurzen Begleitschreiben wurde sie von Viktor dazu aufgefordert, ihren Anteil von 700 Euro auf Viktors Konto zu überweisen. Er schlug vor, sie möge für diesen Betrag einen monatlichen Dauerauftrag einrichten.

Im ersten Moment kam ihr das gar nicht so abwegig vor: Vier Kinder, also ein Viertel des Betrags von jedem. Das war wohl in Ordnung. Zu groß war ihre Erleichterung, dass sich das Problem von Muttis Versorgung gelöst hatte, als dass sie darüber noch weiter nachdenken wollte.

Aber dann kam der empörte Anruf ihres Bruders Frank, von dem sie nur alle Jubeljahre mal was hörte .

„Hast du auch Post von Viktor?", war seine erste Frage.

„Meinst du wegen Muttis Seniorenresidenz?"

„Der Kerl hat ja nicht mehr alle Tassen im Schrank!"

„Warum?", Ingeborg war fast schon in Versuchung, sich zu amüsieren, weil sich endlich mal jemand anderer als sie über Viktor aufregte.

„Das fragst du noch?", gab Frank zurück. „Du hast uns doch auch keine Rechnung geschickt, als Mutti bei dir gewohnt hat. Da hat Muttis Geld doch auch gereicht."

„Wieso Muttis Geld? Ich hab doch mein Gehalt. Das hat für uns beide gereicht. Und Mutti hat doch nie gearbeitet, die hat doch nichts."

„Ingeborg! Ich fass es nicht. Du magst zwar eine schlaue Lehrerin sein, aber vom täglichen Existenzkampf der nicht-verbeamteten Menschheit scheinst du keine Ahnung zu haben. Sie hat doch eine schöne Witwenpension. Und dann sind da noch die Mieteinnahmen von unserem Haus. Du willst doch nicht behaupten, dass du davon nichts gekriegt hast, dafür dass Mutti bei dir wohnen konnte!"

„Doch, Frank. Du darfst mich jetzt gerne für doof halten, aber der schnöde Gedanke an einen finanziellen Ausgleich für entgangene Lebensqualität ist mir tatsächlich nie gekommen. Geld war für mich nicht so wichtig."

„Ja, Hauptsache man hat es. Euch Lehrern geht es anscheinend zu gut! Aber da stellt sich doch jetzt die Frage: Wo ist all das Geld in den letzten zehn Jahren hingekommen? Wer hat sich um Muttis Finanzen gekümmert, wenn du das nicht getan hast? Aber vor allem kann es nicht sein, dass dieses Geld nicht zuerst eingesetzt wird, wenn es um die Bezahlung der Seniorenresidenz geht." Frank überlegte. „Was hältst du davon, wenn wir uns mal zusammensetzen, du, Greta und ich? Und dann skypen wir mit Rüdiger."

„Und was ist mit Viktor?", fragte Ingeborg. „Du kennst doch Greta. Immer wenn etwas schwierig wird, spielt sie das kleine Dummchen und beruft sich auf ihren großen, allmächtigen und allwissenden Viktor. Außerdem hat er uns doch die Rechnung aufgestellt."

„Erst geht das mal nur uns Geschwister an. Und falls da irgendwelche krummen Dinge gelaufen sind, kriegen wir das aus Greta eher raus als aus unserm aalglatten Schwager."

Nun war Ingeborg doch einigermaßen entsetzt. „Das klingt ja gerade, als verdächtigst du ihn, sich Muttis Geld unter den Nagel gerissen zu haben."

„Ja, das tu ich. Dem trau ich noch ganz andere Sachen zu. Und Greta spielt das Dummchen, weil sie sich auf diese Art aus allem unschuldig raushalten kann und trotzdem von Viktors Machenschaften profitiert."

„Sag mal, wie bist du denn drauf?", rügte Ingeborg ihn. „Greta ist immerhin unsere Schwester."

„Ach, Ingeborg, manchmal bist du einfach zu gut für diese Welt. Schon als wir Kinder waren, hat sie dich doch immer nur ausgenutzt. Hast du das denn vergessen?"

Nein, dachte Ingeborg, aber schlimm genug, dass alle es gemerkt haben und keiner was dagegen getan hat.

„Also gut", sagte sie. „Kümmerst du dich um einen Termin? Und denk an die Zeitverschiebung wegen Rüdiger."

„Jawohl, Frau Dr. Schlaumeier. Du hörst von mir. Bis demnächst!"

*

Lisa war ganz aufgeregt. Piet hatte tatsächlich mit Hilfe seines Freundes Philip einen Anwalt auf Lisas einstigen Gastvater angesetzt. Dieser war schließlich eingeknickt und hatte aus seinen alten Akten den Vorgang herausgesucht. Nun hatten sie einen Namen und eine Adresse.

Piet machte sich große Sorgen um Lisa, die kaum noch etwas essen konnte und nur noch den Weihnachtsferien entgegenfieberte. Der Flug in die USA war schon gebucht, aber die Tage bis dahin mussten erst einmal überstanden werden. Er sah mit großem Unbehagen, wie Lisas Erwartungen bis ins Unendliche stiegen und ihr Verhalten hysterische Züge annahm. Im schlimmsten Fall würde ein tiefer Fall folgen.

Angenommen, dem Kind ginge es gut. Würde Lisa es verkraften, das Kind dann nur von ferne zu sehen, ohne sich als seine leibliche Mutter zu erkennen zu geben? Oder würde sie ihren so lange aufgestauten Gefühlen freien Lauf lassen und unter Umständen ein glückliches Familienleben zerstören?

Der andere Fall wäre nicht weniger schlimm. Falls das Kind in schlechten Lebensumständen lebte, würden Lisas Schuldgefühle unendlich groß werden. Sie würden dann zwar alles daran setzen, das Kind da raus zu bekommen und mit nach Deutschland zu nehmen, aber die seelischen Wunden bei allen Beteiligten würden vielleicht nie wieder heilen.

Bei all diesen Überlegungen, die Piet durch den Kopf gingen, war noch immer nicht die Frage geklärt, ob die Einschätzung, was eine gute oder eine schlechte Lebenssituation war, überhaupt objektiv getroffen werden konnte, wenn Menschen sie treffen sollten, die persönlich und emotional sehr stark verwickelt waren.

Es gab Momente, da fühlte Piet sich wie von einer Lawine überrollt, die er selbst losgetreten hatte. Er konnte nur noch hoffen.

*

Veronika hörte durch die geschlossene Tür ihres Arbeitszimmers das Gemurmel, als Werner mit den Jungs sprach. Sie fühlte sich komplett isoliert, von allem ausgeschlossen, was ihre Welt ausmachte. Und hilflos, vor allem hilflos. In einer Situation zu sein, die sie nicht mehr selbst steuern konnte, war eine völlig neue Erfahrung für sie, eine sehr schmerzhafte Erfahrung.

Vom ersten Moment an, als sie Werner kennengelernt hatte, hatte sie die Fäden gezogen. Sie wollte diesen Mann auf jeden Fall haben, dafür war jedes Mittel gerechtfertigt. Jawohl, sie hatte diesen Brief in die Hände bekommen. Und er war gar nicht auf mysteriöse Weise verschwunden. Veronika wusste noch ganz genau, wie das war.

Sie war mal wieder über Nacht bei Werner geblieben, und es gab keinen Grund, weshalb sie zusammen mit ihm frühmorgens schon die Wohnung verlassen sollte, bloß weil er Termine hatte. Sie war schließlich Studentin und konnte nach einer heißen Nacht genüsslich ausschlafen. Und da sie extrem neugierig war, schaute sie nach seiner Post und fand den Brief mit dem Absender ihrer Vorgängerin. Sie ließ all die anderen Sachen im Briefkasten und nahm nur Katharinas Brief mit. Es passte nicht in ihre Zukunftsplanung, dass diese Frau wieder auftauchen würde. Also durfte Werner diesen Brief nicht bekommen, egal, was drin stand. Sie beruhigte ihr Gewissen mit Sprüchen wie „Im Krieg und in der Liebe ist alles erlaubt". Wenn sie den Brief aber ohnehin vernichten wollte, konnte sie ja gerade so gut nachlesen, was Katharina geschrieben hatte,

Der Inhalt traf sie mit voller Wucht. Schwanger! Da war ihr Katharina doch schon wieder einen Schritt voraus. Den aufgerissenen Brief konnte sie Werner unmöglich in die Hände fallen lassen. Aber das würde nichts ändern. Katharina würde sich bestimmt auf irgendeine Art mit ihm in Verbindung setzen, wenn er jetzt nicht reagierte. Und das wäre dann das Ende von Veronikas Zukunftsplänen als Anwaltsgattin.

Woche um Woche verging, und nichts passierte. Veronika begann sich vorzustellen, dass Katharina, zutiefst gekränkt von Werners totalem Desinteresse am gemeinsamen Kind, wahrscheinlich einen Abbruch gemacht hatte, um ihre eigene Zukunft unbelastet anzugehen. So lief das eben in einer Welt, wie Veronika sie sich vorstellte.

Aber nun war dieses Kind nach so langer Zeit aufgetaucht und hatte bei Werner Gedankengänge ausgelöst, die Veronika zum Verderben wurden. Nun nutzte es auch nichts mehr, dass sie sich etwas vormachte. In einem Moment ungewöhnlicher Ehrlichkeit musste sie sich eingestehen, dass praktisch alles, was Werner ihr heute Abend gesagt hatte, stimmte. Es hatte sie nicht wirklich interessiert, was Werner zu seinen Affären trieb, Hauptsache, er kam danach immer wieder zu ihr zurück. Es war nicht um Gefühle und die große Liebe gegangen in dieser Ehe, sondern um Prestige, gesellschaftliches Ansehen und Wohlstand. Werner hatte das gespürt und war deshalb immer wieder ausgebrochen. Und jetzt würde er einen Schlussstrich ziehen unter diese erbärmliche Lebenslüge.

Das alles sah Veronika glasklar vor sich liegen. Zusammen mit der Erkenntnis dieses Nachmittags, als sie das Bild zu sehen bekam, das ihre sogenannten Freundinnen von ihr hatten, wurde sie von Selbstekel überwältigt. Gab es überhaupt irgendeinen

Menschen, der sie liebte? Oder nochmal anders gefragt: Gab es einen Menschen, den sie selbst liebte? Nein, sie liebte niemanden, nicht einmal sich selbst. Wie sollte sie auch? Sie wusste ja selbst am besten, was für ein egoistisches, arrogantes und intrigantes Luder sie war.

Es tat weh, dieser Blick auf ihr Inneres. Was würde von ihr übrig bleiben, wenn die äußere Hülle aus Glanz und Gloria und Eleganz wegfallen würde? Nichts, was einen zweiten Blick auf Veronika Johannsen wert wäre. In nahezu einem halben Jahrhundert hatte sie aus ihrem Leben nichts gemacht, das Bestand haben würde. Sie hatte so gelebt, dass niemand sie vermissen würde, wenn sie einmal nicht mehr da sein würde. Trauriges Fazit, aber wenigstens zum ersten Mal ehrlich!

*

Am nächsten Morgen erschien Veronika nicht zum Unterricht. Hanna stand grübelnd vor dem Vertretungsplan, als Ingeborg neben sie trat.

„Ach sieh mal an", stichelte Ingeborg, „unsere Superfrau macht auch mal schlapp."

„Vielleicht waren wir gestern doch ein bisschen hart zu ihr", gab Hanna zu bedenken.

„Ach was! Wer so viel austeilt wie die, muss auch mal was wegstecken können."

Doch Hanna war beunruhigt. Mit der Großzügigkeit, wie sie Menschen zu eigen ist, die sich geliebt fühlen, beschloss sie, Veronika am Nachmittag anzurufen. Als Veronika Hannas Nummer auf dem Display sah, wollte sie zunächst am liebsten gar nicht reagieren. Aber dann gab sie sich einen Ruck. Es hatte ja doch keinen Sinn, sich zu verstecken. Früher oder später musste sie sich den Ereignissen stellen.

„Hallo, Veronika, wie geht es dir?", fragte Hanna.

124

„Ach, Hanna", erwiderte Veronika, „das ist aber lieb, dass du anrufst."

„Was fehlt dir denn?"

„Nur eine kleine Magenverstimmung", fing Veronika an. Doch die letzten Ereignisse in Verbindung mit einer schlaflosen Nacht hatten ihr so sehr zugesetzt, dass es nun aus ihr herausbrach: „Was rede ich denn da? Ich habe es satt, ständig allen etwas vorzumachen. Mir geht es ganz beschissen."

„Hat es etwas mit unseren Vorwürfen gestern zu tun?", fragte Hanna vorsichtig.

„Nein… oder doch, ja, ein bisschen. Aber da ist noch viel mehr."

„Brauchst du jemanden zum Reden?", fragte die praktische Hanna, die nur zu gut wusste, wie es war, wenn man sich beschissen fühlte. „Soll ich zu dir kommen?"

„Das würdest du für mich tun?", staunte Veronika. Hanna dachte: Das würde ich für jede meiner Freundinnen tun, aber dass Veronika mich einmal brauchen könnte, hätte ich vor ein paar Wochen noch nicht geglaubt.

„Ich würde mich sehr freuen, wenn du kommen würdest. Ich fühle mich so allein."

„Ich bin gleich bei dir", versprach Hanna.

Veronika sah wirklich krank aus. Jeder hätte ihr die Ausrede mit der Magenverstimmung abgenommen. Aber auch sonst war einiges anders. Im Wohnzimmer lief der Fernseher, untermalt von pubertären Lachsalven. Anstatt die Jungs in ihre Zimmer zu scheuchen, führte Veronika Hanna in ihr Arbeitszimmer. Auf dem Schreibtisch stand eine halb ausgetrunkene Tasse Tee und ein angebissenes Käsebrot. Daneben ein leeres Weinglas und die dazugehörige Flasche Grauburgunder. Hanna nahm auf der ‚Denkercouch' Platz. Sie wurde von Veronika so genannt, weil sie darauf immer ihre kreativen Ideen für den Unterricht ausbrütete.

„Ich mach uns einen Milchkaffee." Damit verschwand Veronika in ihre Küche. Gleich darauf zischte die hochkarätige Espressomaschine los.

„Es tut mir leid, wenn wir dich gestern verletzt haben", begann Hanna.

„Nein, nein", entgegnete Veronika. Sie stützte den Kopf in die Hände und fuhr fort: „Die meisten Dinge, die ihr gesagt habt, stimmen ja." Sie rührte heftig in ihrem Kaffee. Dann stellte sie ihn abrupt auf dem kleinen Tischchen vor sich ab und sah Hanna an. „Mein Mann will sich von mir trennen."

Nun war es heraus. Sie hatte es zum ersten Mal laut ausgesprochen und die Welt war davon nicht untergegangen. Hanna schaute nicht einmal besonders schockiert. Kein Wunder, die hatte das alles ja auch schon durchgemacht. Aber eine Frage stellte sie dann doch:

„Warum?"

„Das ist nicht leicht zu beantworten."

„Hat er eine andere? Das ist es doch meistens. Bei mir war es auch so. Ich wurde gegen ein jüngeres Modell ausgetauscht." Hanna empfand immer noch Bitterkeit, wenn sie an jene Tage dachte. „Und ich hatte nichts bemerkt. Alle Ausreden hab ich geglaubt. Gott, war ich naiv! Bis er mir eines Tages eröffnete, dass er mich verlassen würde, weil er seine schwangere Sekretärin heiraten wolle."

„Soviel ich weiß, gibt es keine andere", sagte Veronika wahrheitsgemäß.

„Und diese Praktikantin – wie heißt sie doch gleich? Diese Celina?"

„Du wirst es mir kaum glauben, aber Celina ist Werners Tochter."

Nun war Hanna doch sprachlos. „Dann hatte er ganz am Anfang eurer Beziehung eine Affäre?"

„Nein, die Affäre war ich. Als ich Werner kennenlernte, lebte er mit einer Frau zusammen, von der er sich dann meinetwegen trennte. Und die war damals schwanger, aber er wusste es nicht. Und jetzt kam dieses Gör hier an, bewarb sich bei ihm um einen Praktikumsplatz, und als sie den erst einmal hatte, knallte sie ihm die Wahrheit um die Ohren."

„Das ist ja nicht zu fassen! Wie hat er darauf reagiert?"

„Letzten Endes war das alles der Auslöser für seinen Entschluss, mich zu verlassen. Er meint wohl, sein Leben wäre glücklicher verlaufen, wenn er diese Katharina geheiratet hätte statt mich und dieses wohlgeratene, bildhübsche und außerdem noch intelligente Wunderkind mit ihr großgezogen hätte."

Hanna dachte nach. „Meinst du nicht, dass das alles nur eine vorübergehende Sache ist? Es muss ihn ja auch ziemlich erschüttert haben, nach 20 Jahren mit einer erwachsenen Tochter konfrontiert zu werden, von der er bisher nichts gewusst hatte. Das muss er doch erst einmal für sich selber sortiert bekommen. Oder will er sich womöglich mit Celinas Mutter zusammentun?"

„Nein, die ist anscheinend glücklich verheiratet. Nein, ich glaube nicht, dass sich das zwischen uns wieder einrenkt, so negativ wie er über unsere Ehe geredet hat." Veronika schlug wieder die Hände vors Gesicht. „Und ich habe immer geglaubt, unsere Ehe wäre glücklich."

„Vielleicht hattet ihr eine unterschiedliche Auffassung von dem, was Glück bedeutet", gab Hanna zu bedenken.

„Was war für dich damals am schlimmsten, als deine Ehe zu Ende war?", wollte Veronika plötzlich wissen.

Hanna dachte nach. „Ich glaube, das Schlimmste war dieses Gefühl von Wertlosigkeit. Ich war nicht mehr gut genug. Und natürlich suchte ich die Schuld bei mir. Ich hatte in meinen eigenen Augen versagt. Aber mindestens genauso schlimm war, wie er mit Stefan in der Folge umgegangen ist. Der hat sich nämlich genauso wertlos gefühlt. Der wurde ja auch durch ein neueres und – wie mein Ex ihm deutlich zu verstehen gab – besser gelungenes Modell ersetzt. Ich bin überzeugt, dass diese Minderwertigkeitsgefühle zu seinem Drogenproblem geführt haben."

Die beiden Frauen schwiegen eine Weile. Dann fragte Hanna: „Was ist für dich am schlimmsten?"

„Ich weiß nicht, wie ich das ausdrücken soll", gab Veronika zur Antwort. „Ich will einfach nicht eine geschiedene Frau sein. Das finde ich demütigend."

Hanna war perplex. „Dann geht es also in erster Linie um den Statusverlust", stellte sie fest.

Veronika schaute in ihre Kaffeetasse. „Du hältst mich bestimmt für total oberflächlich. Bin ich vielleicht auch. Das hat mir Werner auch vorgeworfen, dass mir zu viel an Äußerlichkeiten und materiellen Dingen liegt. Andererseits glaube ich niemandem, der behauptet, dass ihm an Geld nichts liegt. Wer das sagt, der lügt im besten Fall doch zumindest sich selbst an."

„Das mag in Maßen stimmen, aber die Frage ist doch auch, wie weit man bereit ist, für Geld zu gehen. Da gibt es immerhin moralische Grenzen, die sehr unterschiedlich definiert und eingehalten werden. Schau dir doch mal an, wie es deshalb auf der Welt aussieht."

„Das ist mir zu allgemein gesprochen. Die Welt sieht nicht deshalb schlimmer aus, weil ich einen Mann mit Geld geheiratet habe."

„Hättest du ihn auch geheiratet, wenn er ein armer Schlucker gewesen wäre."

„Wohl eher nicht. Ich komme aus dem Milieu der armen Schlucker. So sollte mein Leben nicht aussehen, das war mir schon ziemlich früh klar. Und ich habe auf meine Art auch dafür bezahlt."

„Wie meinst du das?"

„Warte mal einen Augenblick", bat Veronika und verließ den Raum. Nach einer Weile kam sie mit einer Kassette unter dem Arm zurück. Sie stellte die Kassette auf den Tisch und öffnete sie. Hanna staunte mit offenem Mund über das diamantene Geglitzer. Was sie da zu sehen bekam, war ganz gewiss kein Modeschmuck, sondern aus dem Stoff, der Juweliere am Leben erhält – und anspruchsvolle Ehefrauen bei Laune.

Veronika griff aufs Geratewohl hinein und holte einen Ring heraus.

„Das hier", sagte sie, „war für eine heiße Liebesnacht in einem Pariser Hotel – allerdings nicht mit mir, sondern mit einer mir Gott sei Dank unbekannten Schönen. Ich hab davon bloß die Rechnung gefunden."

Dann nahm sie eine Kette mit Anhänger. „Das war eine frisch geschiedene und trostbedürftige Mandantin. Und das hier", sie kramte nach einem Paar Ohrringe, „war ein als Dienstreise getarnter Urlaub auf Sylt mit der Frau eines befreundeten Anwalts."

„Hör auf!", rief Hanna. „Das ist ja schrecklich! Warum zeigst du mir das alles?"

„Vielleicht um dir eine Vorstellung von meiner eben zu Ende gegangenen Ehe zu geben. Materiell gesehen war meine Ehe für mich erfolgreich. Klassenziel sozusagen erreicht. Ich habe mich damit getröstet, dass ein erfolgreicher Mann anziehend auf Frauen wirkt. Geld macht eben sexy. Ich hab seine Affären einfach weggesteckt und aufgepasst, dass nichts nach draußen dringt. Und jetzt geht er hin und entsorgt mich einfach so. Ich hab noch nicht mal eine Rivalin, an der ich mir die Zähne ausbeißen könnte. Ich hab gar nichts, nur diesen Plunder hier und eine neue Rolle, die ich mir nicht selbst ausgesucht habe."

„Du hast deine Kinder", sagte Hanna leise. „Du hast immer noch die Chance, sie heil durch die Pubertät zu bringen. Du hast immer noch die Chance, ihnen die Voraussetzungen für ein erfülltes Leben zu geben."

„Oh, Hanna!", Veronika schwieg einen Moment betreten. „Vielleicht bin ich wirklich eine Dampfwalze. Hier jammere ich dir was vor, dabei war deine Situation viel schlimmer."

„Es geht hier nicht darum, meine Situation gegen deine aufzurechnen. Aber darf ich mal ganz ehrlich sein? Du kannst mich danach auch rausschmeißen und nie wieder ein Wort mit mir reden."

„Das klingt beängstigend. Aber nur zu. Ich werd's schon verkraften. Schlimmer kann es sowieso nicht kommen."

„Genau das meine ich: Du trauerst nicht um den Mann, den du liebst, weil du nur sein Geld liebst. Dabei wirst du mit Sicherheit auch als Geschiedene finanziell weitaus besser dastehen als wir andern alle. Ich will dir nicht unterstellen, dass deine Gefühle nicht verletzt sind, aber am meisten verletzt ist anscheinend dein Standesdünkel. Die Tatsache, dass dein Mann sich offiziell von dir trennen will und alle Welt es notgedrungen erfahren wird, wiegt viel schwerer als die ganzen Affären, die er ja wohl im Laufe eurer Ehe hatte. In diesem Sinne kann es für dich wirklich nicht schlimmer kommen, denn schlimmer wäre ja der Verlust eines geliebten Menschen. Du aber liebst nur dich selbst, beziehungsweise das Bild, das die Öffentlichkeit von dir haben soll."

Schweigen.

„Und was diesen Plunder hier betrifft", Hanna zeigte auf den ausgebreiteten Schmuck, „für den hast du deine Selbstachtung verkauft. Wie man sich bettet, so liegt man, und auf Diamanten liegt man, stelle ich mir vor, nicht sehr behaglich. Und komm mir jetzt bloß nicht wieder mit deiner Neidtheorie. Es gibt nicht den geringsten Grund für mich, dich zu beneiden. Ich hab bei meiner Scheidung gelitten, aber ich bin mit mehr Anstand aus meiner kaputten Ehe herausgekommen als du."

Damit stand Hanna auf und ging.

*

Am Sonntagnachmittag trafen sich Ingeborg und ihre Geschwister im Nebenzimmer eines Cafés in der Nähe von Franks Wohnort. Frank hatte seinen Laptop dabei, um mit Rüdiger skypen zu können. Greta war tatsächlich ohne Viktor erschienen, was Ingeborg erstaunlich, aber wohltuend fand.

Als die kleine Gruppe mit Kaffee und Gebäck versorgt und die Skypeverbindung mit Rüdiger hergestellt war, ergriff Frank das Wort:

„Wie ihr wisst, sitzen wir hier zusammen, um die Frage der Finanzierung für die Unterbringung unserer Mutter in der Residenz Abendsonne zu besprechen. Die Kosten belaufen sich auf 2800 Euro im Monat. Davon entfallen auf jeden von uns vier Geschwistern 700 Euro monatlich."

„Damit ist doch schon alles geklärt, denke ich", meinte Greta, griff nach ihrem Handy, das sie vor sich auf den Tisch gelegt hatte, und erweckte ganz den Anschein, als würde sie sich am liebsten sofort wieder verkrümeln.

„Nicht ganz, liebe Greta", erwiderte Frank. „Bleib mal schön sitzen. Dein Viktor hat nämlich bei der Kostenrechnung zwei wichtige Faktoren vergessen: Muttis Witwenpension und die Mieteinnahmen aus unserem Elternhaus. Die Pension – das konnte ich im Internet in der Tabelle nachschauen – beläuft sich abzüglich Steuern auf rund 2200 Euro. Weiß jemand von euch, was das Haus an Miete bringt? Greta vielleicht?"

„Darum hat sich die ganzen Jahre Viktor gekümmert", antwortete Greta und zog einen Flunsch wegen der Zumutung, dass sie sich mit so niedrigen Fragen wie Geldquellen beschäftigen sollte.

„Dann stell doch mal dein Handy auf laut und lass uns Viktor gleich mal direkt fragen. Der hört doch bestimmt am anderen Ende mit."

Greta wurde tatsächlich rot, weil Frank voll ins Schwarze getroffen hatte. Allerdings wurde die Verbindung augenblicklich von Viktors Seite gekappt. Dem war es nun wohl doch ein wenig peinlich, bei seinem Lauschangriff ertappt worden zu sein.

„Nun gut", fuhr Frank gelassen fort, „das macht nichts. Ich hab mich vorsichtshalber über die ortüblichen Mieten in Schrammstedt informiert. Das Haus dürfte derzeit eine Nettomiete von 800 Euro bringen. Damit wären wir bei 3000 Euro, die Mutti zur Verfügung stehen. Da frag ich mich doch, weshalb dieses Geld nicht für die Residenz verwendet wird."

„Ingeborg", kam Rüdigers Stimme über Skype, „erzähl doch mal, wie viel davon Mutti dir die letzten zehn Jahre monatlich dafür bezahlt hat, dass sie von dir voll versorgt wurde."

„Es gab keine monatlichen Zahlungen", antwortete Ingeborg wahrheitsgemäß.

„Sie hat sich also nicht an den Kosten für deine Wohnung und euren Lebensunterhalt beteiligt", sagte Rüdiger, der nichts anderes erwartet hatte, mit gespieltem Staunen.

„Sie hat einige von unseren Urlauben bezahlt", gab Ingeborg zu. „Zum Beispiel durfte ich einmal eine Rheinkreuzfahrt mit lauter alten Leuten mitmachen. Aber so schlimm war es nicht, ich hatte ja zwei Stapel Klausuren zum Korrigieren mit. Und dann hat sie ein paarmal ein Apartment auf Sylt bezahlt. Da durfte ich dann jeden Tag mit ihr über den Strand schlurfen. Sie hat sogar die Kurtaxe für mich mit bezahlt, alle Achtung!"

„Wie man sieht", warf Frank ein, „echte Abenteuerurlaube! Sie hat dich also zu ihrer Unterhaltung als Begleiterin mitgenommen, weil sie ja nicht gerne allein sein wollte. Normalerweise hättest du dafür noch Tagegeld bekommen müssen!"

132

„Bevor wir hier noch weiter verhandeln", meldete sich Rüdiger wieder zu Wort, „schlage ich vor, dass Ingeborg auf keinen Fall für irgendetwas zur Kasse gebeten wird, nachdem sie sich zehn Jahre lang um Mutti gekümmert hat, und das auch noch kostenlos."

„Da stimme ich dir in vollem Umfang zu", bekräftigte Frank. „Halten wir außerdem schon mal fest: Die von Viktor ermittelte Beteiligung liegt angesichts von Muttis eigenen Einkünften auf jeden Fall zu hoch. Und jetzt kommt überhaupt die interessanteste Frage: Was ist mit diesen Einkünften die letzten zehn Jahre passiert?" Er zückte seinen Taschenrechner. „Selbst wenn man eine gewisse Progression einbezieht, handelt es sich immerhin noch um einen Betrag von ca. 250 000 Euro? Wo sind die geblieben?"

Er blickte fragend in die Runde. „Greta? Weißt du etwas darüber? Immerhin hat Viktor sich damals nach Vatis Tod bereit erklärt, Muttis Finanzen zu verwalten."

„Ich interessiere mich nicht für Geld", gab Greta hochnäsig zurück.

„Dann werden wir wohl Viktor um eine Abrechnung bitten müssen. Es sei denn, dir fällt doch noch was ein, was du zu diesem Thema zu sagen hast."

„Viktor hat sich um alles gekümmert, die Vermietung, die Reparaturen am Haus, Muttis Steuererklärung. Ihr könnt ja nicht erwarten, dass er das umsonst macht. Mutti hat uns die Mieteinnahmen überlassen. Schließlich haben wir drei Kinder."

Ingeborg hörte mit offenem Mund zu. Sie war wie vom Donner gerührt. „Jetzt noch mal langsam zum Mitschreiben", sagte sie. „Ich hab Mutti bekommen und ihr das Geld. Das ist ja gediegen!"

„Du hast ja schließlich auch keine Kinder", giftete Greta zurück.

„Das muss ich mir von dir jetzt nicht auch noch vorwerfen lassen. Das hat Mutti schon genug getan. Entschuldigt mich, ich muss jetzt an die frische Luft."

Zurück blieben Frank und Greta. „Das war nicht nötig", sagte Frank. „Dir fehlt es an einem gewissen Gespür für Recht und Unrecht. Oder glaubst du, es war ein Zuckerschlecken für Ingeborg, die letzten zehn Jahre mit Mutti zusammenzuleben, während wir anderen unsere Familien hatten? Ich jedenfalls fühle mich schuldig, dass ich mich nicht mehr darum gekümmert habe, wie es Ingeborg mit dieser Situation ging."

Rüdiger meldete sich aus der Ferne. „Sie hat ja auch nicht ohne Grund die Situation beendet. Du, Greta, hast das ja gerade mal zehn Tage ausgehalten, und das ohne noch einen Beruf auszuüben. Was glaubst du, wie Ingeborg sich jetzt fühlen muss? Sie hat ohne Gegenleistung auf ein eigenständiges Leben verzichtet, und ihr habt von derselben Frau, die Ingeborg gnadenlos ausgebeutet hat, auch noch finanzielle Zuwendungen bekommen. Das ist so ungeheuerlich, das kann gar nicht mehr wieder gut gemacht werden. Aber zumindest verlange ich, dass Ingeborg nicht auch noch dumm angemacht wird von wegen keine Kinder und so. Das ist in höchstem Maße unpassend."

„Ich gehe nach ihr schauen." Frank stand auf.

Ingeborg stand draußen in der Kälte und versuchte, ihre Wut mit Atemübungen in den Griff zu bekommen.

„Ich hasse sie", stieß sie hervor, als Frank neben sie trat. „Ich hasse auch Mutti, und ich hasse mich selber dafür, dass ich das alles so lange mitgemacht habe. Ich hasse die Schuldgefühle, die ich habe, weil ich es nicht länger ausgehalten habe."

„Nicht doch", sagte Frank und nahm sie in den Arm. „Wir sind auch mit schuldig, Rüdiger und ich. Wir fanden es einfach bequem, uns nicht um Mutti kümmern zu müssen. Wir hätten uns ja auch mal Gedanken machen können, wie es dir dabei geht. Sag uns, ob und wie wir das wieder gut machen können."

„Dazu ist es zu spät. Ich kann die Uhr nicht mehr zurückdrehen. Die Jahre sind nun mal verloren." Sie blickte in den Garten des Cafés. Wo im Sommer Tische mit fröhlich speisenden Menschen standen, kroch die frühe Abenddämmerung aus den Büschen und legte sich klamm auf alles.

„Die ganzen Jahre über hab ich versucht, einmal Liebe oder vielleicht auch nur Anerkennung von Mutti zu bekommen. Aber ich war immer nur zweite Wahl." Sie zitterte, und die Kälte, die sie spürte, war nicht nur jahreszeitlich bedingt.

„Was das Geld betrifft", setzte Frank an, aber Ingeborg fiel ihm sofort ins Wort:

„Das Geld ist mir egal. Das war nur ein weiteres Mittel, mit dem Mutti die Rangordnung klargestellt hat. Sollen sie doch alle an dem Geld ersticken! Ich wollte nur ein einziges Mal hören, dass Mutti dankbar ist für etwas, was ich getan habe, aber selbst das hab ich nicht bekommen."

Die beiden standen eine Weile still nebeneinander. Dann fragte Frank vorsichtig:

„Hast du schon Pläne für Weihnachten?"

Wie von der Tarantel gestochen fuhr Ingeborg los: „Komm mir jetzt bloß nicht mit der Nummer: Was machen wir mit der armen, alten, einsamen und verbitterten Ingeborg über die Feiertage? Du glaubst doch nicht im Ernst, dass ich mit dieser beschissenen Familie einen faulen Zauber à la heile Welt und ‚An Weihnachten trifft sich die Familie zum Fest der Liebe' mitmachen werde? Um mir von Viktor wieder anzuhören, wie sehr solche Leute wie ich mit ihrem Halbtagsjob bei voller Bezahlung die Gesellschaft ausbeuten. Und dass ich es trotz der vielen Freizeit nicht geschafft habe, mir mal einen gutsituierten Mann zuzulegen. Und wenn ich ihm dann verbal eine reinhaue, kommt Mutti mit ihrem Leidensblick und wirft mir vor, dass ich neidisch auf das Glück meiner schönen jüngeren Schwester bin. Nein danke, das hatte ich schon ein paarmal zu oft!"

„Ich mache mir einfach Sorgen um dich", verteidigte sich Frank.

„Das brauchst du nicht. Das braucht keiner! Weißt du, seit ich mich aus Muttis eiserner Umklammerung befreit habe, genieße ich wieder so etwas wie ein befriedigendes Sozialleben. Um es kurz zu machen: Über Weihnachten und Neujahr fliege ich mit einem guten Freund und Kollegen in die Karibik. Seit sich nämlich rumgesprochen hat, dass ich nicht mehr ständig meine Mutti im Schlepptau habe, trauen sich die Leute auch wieder, mit mir soziale Kontakte zu pflegen."

Frank schien sichtlich erleichtert. „Lass uns wieder rein gehen", sagte er. „Es wird kalt."

„Ich werde jetzt nach Hause gehen", stellte Ingeborg klar. „Ihr könnt beschließen, was ihr wollt. Allerdings – dass ich nicht mehr zur Kasse gebeten werde, dürfte hoffentlich klar sein. Und mit Mutti, Greta und diesem verdammten, aalglatten Viktor will ich nichts mehr zu tun haben. Es gibt für alles eine Grenze, auch für töchterliche Fürsorge, und bei mir ist die schon lange erreicht."

*

Und wieder war es Zeit für die Kaffeerunde. Ingeborg war an der Reihe. Sie ließ sich durch die Vorbereitungen gerne von der letzten tiefen Enttäuschung hinsichtlich ihrer Familie ablenken.

Diesmal war Karin wieder dabei und wurde besonders herzlich begrüßt. Sie sah mitgenommen aus, von der Krankheit und den Strapazen der Behandlung gezeichnet. Aber sie strahlte so viel Gelassenheit und Zuversicht aus, dass Mitleid gar nicht erst aufkommen konnte. Die Botschaft war klar: Sie würde sich von dieser Krankheit nicht unterkriegen lassen.

136

Alle waren gespannt, ob Veronika nach dem Eklat beim letzten Treffen überhaupt nochmal kommen würde. Hanna hatte den anderen nichts von ihrem Besuch bei ihr erzählt. Ingeborg hatte sie ganz unbefangen auf die Einladung angesprochen. Als es dann klingelte und Veronika mit leichter Verspätung doch noch kam, waren alle sehr gespannt.

Veronika war ziemlich schweigsam, ganz ungewöhnlich für sie, aber nicht unangenehm für die anderen. Zunächst drehte sich ohnehin alles um Karin und das, was sie gerade hinter sich hatte. Karin erzählte kleine Geschichten aus der Rehaklinik .

„Das Beste an so einer Klinik ist, dass man sich mit seiner Krankheit überhaupt nicht mehr so fühlt, als sei man die einzige, die das Schicksal so hart getroffen hat. Da waren alle in einer ähnlichen Situation wie ich. Wir haben uns gegenseitig viel unterstützt und Mut gemacht. Das war eigentlich richtig schön. Vor allem, weil man niemandem was vormachen musste."

Da ergriff Veronika zum ersten Mal das Wort. „Was du gerade gesagt hast, spricht mir voll aus der Seele. Ich glaube, das ist auch mein Hauptproblem – dass ich immer denke, ich muss anderen was vormachen. Das ist so anstrengend und führt von einer Lüge zu der nächsten." Sie sah jede der Frauen der Reihe nach an. „Ich habe viel nachgedacht nach unserem letzten Treffen, und vor allem auch nach Hannas Besuch."

„Hanna war bei dir?", fragte Ingeborg.

„Hast du das den anderen denn nicht erzählt?", wollte Veronika jetzt von Hanna wissen. „Auch nicht von dem, was bei mir inzwischen so alles los war?"

„Nein, natürlich nicht", gab Hanna zurück. „Das waren doch vertrauliche Mitteilungen."

Veronika war sehr erstaunt. Im Stillen dachte sie, dass sie selbst an Hannas Stelle die Neuigkeiten brühwarm unters Volk gebracht hätte, Vertraulichkeit hin oder her. Sie musste zugeben, dass Hanna ein sehr feiner Mensch war. Noch könnte sie einen

Rückzieher machen. Aber sie hatte sich vorgenommen, reinen Tisch zu machen. Sie war schon so tief gesunken. Es ging jetzt nur noch darum, einen Rest Selbstachtung wiederzuerlangen. Sie holte tief Luft:

„Also, die Sache ist so: Ihr hattet so ziemlich mit allem Recht, was ihr mir letztes Mal an den Kopf geworfen habt. Ich hab euch schon eine ganze Weile eine heile Welt bei mir zu Hause vorgespielt. Die Wahrheit ist aber, dass meine Ehe am Ende ist. Mein Mann will sich von mir trennen. Allerdings war eure Vermutung in Bezug auf Celina falsch. Sie ist nicht etwa seine Geliebte, sondern seine leibliche Tochter. Insofern war sie natürlich trotzdem der Auslöser für Werners Entscheidung."

Alle außer Hanna staunten mit offenem Mund. Ingeborg erlangte als erste ihre Fassung wieder. „Was ist denn passiert?", fragte sie unverblümt.

"Wenn ich nicht dazwischengekommen wäre, dann würde Werner wohl heute noch mit Celinas Mutter zusammenleben. Und das nimmt er mir jetzt übel, wo er seine tolle Tochter kennenlernen durfte. Seine Söhne findet er wohl nicht so prickelnd – und mich auch schon lange nicht mehr." Veronika schluckte. „Das ist die bittere Wahrheit, und jetzt ist sie heraus. Und wisst ihr was? Ich fühle mich irgendwie erleichtert."

„Das ging mir ganz genauso," gab Hanna zu, „nachdem ich mit euch offen über Stefans Probleme geredet hatte. Ihr glaubt ja gar nicht, was das für ein Stress war, immer aufzupassen, dass niemand etwas davon mitbekommt, was mit Stefan wirklich los ist. Jetzt bin ich viel unbefangener. Außerdem habe ich seither das Gefühl, dass ich nicht mehr so allein bin mit meinen Problemen."

Nun wandte sich Veronika direkt an Hanna. „Dich möchte ich ganz besonders um Verzeihung bitten. Meine Sticheleien über Stefan waren nicht nur herzlos, sie müssen ja geradezu bösartig auf dich gewirkt haben. Vielleicht wollte ich mir damit einreden, dass es mit meinen beiden ja längst nicht so schlimm ist. Dabei werden die Probleme von der Seite her auch immer heftiger. Die beiden behandeln mich manchmal wie den letzten Dreck."

„Ja", meldete sich Karin zu Wort, „die Pubertät schlägt an allen Ecken und Enden zu. Das erleben wir doch täglich in der Schule. Aber zu Hause hatte ich auch meinen Teil davon zu ertragen."

„Was? Du?", kam es von allen Seiten.

„Was glaubt denn ihr? Glaubt ihr denn, meine Töchter waren alle Engel? Da sind ganz schön die Fetzen geflogen. Jana musste ich mal bei der Polizei abholen, weil sie geklaut hatte, und Nora hatte zeitweise nur noch ihre Jungsgeschichten im Kopf. Die ist ja auch mal sitzengeblieben, das müsst ihr doch noch wissen."

„Ja, ich erinnere mich", sagte Ingeborg, „aber ich dachte damals, dir sei bei deinen Töchtern Schönheit sicher wichtiger als gute Noten. Ich wäre nie auf die Idee gekommen, dass dir das überhaupt etwas ausmacht."

„Seht ihr, so kann man sich in anderen Leuten täuschen, weil jeder seine Maske trägt. Was ist das Leben doch für ein elender Mummenschanz. Ständig meinen wir, wir müssen vor unserer nächsten Umgebung etwas verbergen. Für diese Versteckspielchen geht so viel Energie drauf, die man anderswo viel besser einsetzen könnte."

Dann sagte Veronika zu Lisa: „Zu dir war ich auch manchmal ekelhaft. Ich weiß gar nicht, warum ich mich so auf dich eingeschossen habe. Vielleicht wollte ich das Gefühl haben, es sei besser, schlecht geratene Kinder zu haben als gar keine. Vielleicht war es aber auch Neid, weil du noch alles vor dir hast und besser machen kannst als ich das hingekriegt habe."

„Du hast da schon den Finger auf eine empfindliche Stelle bei mir gelegt", gab Lisa zu. „Manchmal dachte ich, ich will dich nie mehr sehen. Ich fand ja auch schon deine Fragerei nach unseren schlimmsten Problemen etwas übergriffig. Erinnert ihr euch? Jede hat irgendwas erzählt, aber bei den meisten wissen wir doch alle inzwischen, dass das echte Problem viel tiefer sitzt."

„Ja, das ging mir ganz genauso", rief Ingeborg. „Ich wusste gleich, dass auf so eine Frage niemand ehrlich antworten würde. Ich ja auch nicht. Aber ein Gutes hatte das Ganze ja doch: Ich habe danach ernsthaft angefangen, mich selber mal zu fragen, was in meinem Leben nicht stimmt. In meinem Fall kam dadurch ein Stein ins Rollen, den ich schon vor Jahren hätte bewegen müssen."

„Ich weiß zwar nicht, was es war", sagte Hanna, „aber eines muss ich dir doch jetzt mal sagen, Ingeborg. Du hast dich sehr zu deinem Vorteil verändert in den letzten Wochen. Du bist zwar immer noch ein Lästermaul, aber ein witziges, und du wirkst viel lockerer und dadurch auch liebenswerter."

„Ich als Expertin für Äußerlichkeiten", mischte sich Veronika ein, „stelle schon seit geraumer Zeit fest, dass du dich besser kleidest und überhaupt um Jahre jünger aussiehst."

„Oh, danke, ihr macht mich ganz verlegen. Falls es euch interessiert: Ich habe endlich klaren Tisch gemacht, was das Zusammenleben mit meiner Mutter betraf. Das war nämlich mein eigentliches Problem. Ich wollte die gute Tochter sein, die sich um ihre Mutter hingebungsvoll kümmert, während meine Geschwister aus allem fein raus waren. Dabei haben die anderen die Schokoladenseite abgekriegt und ich Vorwürfe, weil meine Mutter der Typ Mensch ist, dem es niemand recht machen kann. Das hab ich erst angefangen zu durchschauen, nachdem Veronika mich mit ihren Fragen indirekt dazu gezwungen hat. Du hast mich zwar mit deinen Anspielungen bis aufs Blut gereizt, aber du hast mir dadurch auch geholfen. Trotzdem fände ich es nett, wenn du deine einsichtige Haltung uns gegenüber beibehalten und nicht wieder in den Angebermodus zurückfallen könntest."

„Das kann schon passieren, aber ihr müsst ja auch nicht immer alles nur schlucken. Ihr habt es mir die meiste Zeit leicht gemacht, mich ständig danebenzubenehmen."

„Dann wirst du dich eben in Zukunft zusammennehmen", sagte Hanna mit strenger Miene. Dann, zu Ingeborg: „Wie ist das mit deiner Mutter denn weiter gegangen?"

„Mir ist der Kragen geplatzt, und da hab ich sie zu meiner Schwester abgeschoben. Mein Schwager, der seine Pfründe sehr gut zu verteidigen weiß, hat umgehend eine Seniorenresidenz für sie gefunden. Ob es ihr da gefällt, sehe ich nicht mehr als mein Problem."

„Und wie geht es dir dabei?"

„Am Anfang hatte ich furchtbare Gewissensbisse, aber das hat sich gelegt, nachdem ich inzwischen erfahren habe, dass man mich auch noch finanziell über den Tisch gezogen hat. Nun soll erst mal meine Schwester sehen, wie sie das wieder gerade biegen kann. Für mich heißt es jetzt: Genuss ohne Reue!"

„A propos Genuss", fragte Karin. „Was macht ihr denn in den Weihnachtsferien?"

„Du meinst außer Klausuren korrigieren?", vergewisserte sich Ingeborg. Dann platzte sie los: „Zum ersten Mal seit zehn Jahren fahre ich nicht mit Mutti zu meiner Schwester. Nein, diesmal lass ich es richtig krachen, und zwar in der Karibik."

„Waaas?" staunten die anderen. Und Veronika konnte es sich nicht verkneifen zu fragen: „Allein?"

„Nein", strahlte Ingeborg. „Ich fliege mit unserem frisch geschiedenen Kollegen Matthias."

„Da sieh mal einer an, unsere Ingeborg! Kaum den Fittichen der Mutter entwichen, fliegt sie auch schon mit einem Herzallerliebsten davon."

„Na, na, nun seid mal nicht gleich so frech. Zunächst mal geht es nur darum, dass zwei einsame Herzen ihre Einsamkeit gemeinsam genießen. Aber schön finde ich es trotzdem. Endlich mal ein Mann, den Mutti nicht wegbeißen kann!"

Nun ergriff Hanna das Wort: „Vor ein paar Wochen noch hätte ich auf die Frage nach Weihnachten ausweichend geantwortet. Aber so wie es jetzt ist, kann ich ganz offen sagen, dass Stefan inzwischen in der Therapie so gute Fortschritte gemacht hat, dass er Heiligabend nach Hause kommen darf. Am ersten Weihnachtsfeiertag fahr ich ihn dann wieder in die Klinik zurück. Und wahrscheinlich stößt auch noch Volker Winter zu uns. Das ist der Polizist, der Stefan nach seinem Unfall gefunden hat."

„Soso", mischte sich Veronika ein, „ein Polizist! Ist das nicht ein bisschen unter deinem Niveau?"

Sofort war Ingeborg wieder auf der Palme: „Veronika!", schrie sie. „Pass auf, dass dir nicht mal vor lauter Standesdünkel die Luft weg bleibt!"

„Lass sie doch", erwiderte Hanna ganz gelassen. „Das trifft mich nicht. Ich stehe über den Dingen." In Wirklichkeit, dachte sie, hätte es heißen müssen: Ich schwebe über den Dingen.

„Also ich", sagte Karin, „ich lasse mich von meinen Töchtern nach Strich und Faden verwöhnen."

„Ich dachte, die sind so schrecklich", bemerkte Ingeborg.

„Inzwischen doch nicht mehr! Sie haben zum Glück ihre Pubertät hinter sich und benehmen sich seit einiger Zeit fast schon wie richtige Menschen. Was machst du, Lisa?", wollte sie dann wissen.

Lisa war die ganze Zeit schon sehr ruhig. Sie sah gestresst aus, fast schon krank. Deshalb wunderten sich auch alle – außer Hanna – über ihre Antwort. „Wir fliegen in die USA."

„Und was macht ihr da?"

„Freunde besuchen", sagte Lisa. Sie warf einen ängstlichen Blick auf Hanna. Aber Hanna gab mit keiner Miene zu erkennen, dass sie über Lisas amerikanischen Traum Bescheid wusste.

Immerhin war Lisa geistesgegenwärtig genug, um schnell die Aufmerksamkeit von ihren eigenen Plänen abzulenken, indem sie Veronika nach den ihren fragte.

„Ich habe keine Ahnung, wie mein Weihnachten werden wird", sagte Veronika darauf mit betrübter Miene. „Am liebsten wäre mir, es wäre alles schon vorbei."

„Wer weiß, wie vielen Menschen es ebenso ergeht", sinnierte Hanna. „Mir ging es auch oft genug schon so, dass ich das Wort Weihnachten unmöglich mit dem Wort Freude assoziieren konnte. Diese Wichtigkeit, die dem Weihnachtsfest beigemessen wird, dieser Zwang, gerade jetzt friedlich und glücklich zu sein – das ist doch eine Forderung, der sich nicht jeder stellen kann. Und nicht jeder hat in einer unglücklichen Situation dann auch noch die Kraft, sich gegen das Gefühl zu wehren, nicht nur ein Außenseiter, sondern vielleicht sogar ein Monster zu sein. An Weihnachten sich nicht glücklich und friedlich zu fühlen, ist in unserer Kultur einfach nicht akzeptabel."

„Du sprichst mir aus der Seele", stimmte Ingeborg zu. „Was glaubt ihr, wie friedlich ich mich immer gefühlt habe, wenn ich bei den weihnachtlichen Inszenierungen meiner Schwester Greta assistieren sollte? In der Rolle der armen, alten Jungfer, ohne Mann und ohne Kinder, was mein Schwager niemals müde wurde zu betonen. Ha, friedlich! Dass ich nicht lache! Mein Herz war die reinste Mördergrube."

„Ja", sagte Karin. „Familienzusammenkünfte unterm Weihnachtsbaum – das ist der Stoff, aus dem die Krimis sind."

Mit diesem Wort zum Feiertag ging die Gruppe bald darauf nachdenklich auseinander.

*

Am Nachmittag des 21. Dezember saßen Lisa und Piet in ihrem Leihwagen in einer Straße in einem Vorort von Toledo im Staate Michigan. Ihr Zielobjekt war ein hübsches Holzhaus, das Haus, in dem laut Auskunft des amerikanischen Anwalts Lisas

Kind wohnte. Das Kind war nicht länger namenlos: Rebecca Watson. Lisa nannte sie für sich bereits Becky.

Piet fühlte sich unbehaglich, denn eigentlich war über den Anwalt ein erstes Treffen am Abend abgemacht gewesen, ohne Rebecca. Aber Lisa hatte auf einer Chance bestanden, das Mädchen schon vorher unauffällig zu sehen zu bekommen. Und nun fürchtete Piet eine unbedachte Reaktion, sollte Rebecca tatsächlich auftauchen.

Da – die Tür ging auf. Lisa hielt die Luft an. Ein Mädchen in einer Daunenjacke und dicken Stiefeln kam heraus und ging Richtung Garage, gefolgt von einer schlanken Frau, deren blonde Haare unter einer Pelzmütze zu sehen waren.

„Sie bringt sie weg", stammelte Lisa und wollte aussteigen, um die Frau an ihrem Vorhaben zu hindern. Mit eisernem Griff hielt Piet sie fest.

Lisa weinte hemmungslos, als das Auto mit seiner kostbaren Fracht um die nächste Hausecke verschwand.

„Nun beruhige dich doch, Schatz!", sagte Piet beschwörend. „Es ist alles in Ordnung. Wir sollen Rebecca doch erst morgen treffen. Komm, lass uns in eine Bar gehen und uns aufwärmen und etwas trinken."

„Das fehlt noch", fuhr Lisa ihn an, „dass ich heute Abend mit einer Fahne aufkreuze und alle sagen: Was für ein Glück, dass dem Kind diese Mutter erspart geblieben ist."

„Du kannst ja einen Tee trinken, und vor allem solltest du etwas essen. Bis sieben ist noch eine lange Zeit."

Um sieben Uhr standen sie erneut vor dem Haus der Familie Watson. „Ich habe richtig Angst vor denen", gestand Lisa. „Bestimmt verachten sie mich. Was kann man schon von einer halten, die das eigene Kind weggibt?"

„So darfst du nicht denken", mahnte Piet. „Schließlich waren sie ja vermutlich froh, dein Baby adoptieren zu dürfen. Du hast ihnen einen lang gehegten Kinderwunsch erfüllt. Da werden sie sich hüten, dir das vorzuwerfen. Du solltest jetzt ganz selbstbewusst da rein gehen. Du hast nichts Schlechtes getan. Du konntest in deiner damaligen Situation nicht anders handeln. Sei nicht mehr so streng mit dem jungen Mädchen, das du damals warst."

Lisa griff nach Piets Hand. „Ich hab so ein Glück, dass ich dich habe, dass du das alles mit mir zusammen durchstehst."

Sie gingen die Auffahrt entlang und klingelten an der Haustür. Ein großer kräftiger Mann, Ende vierzig und mit angegrauten Schläfen, öffnete.

„Guten Abend", sagte er auf Deutsch. Dann fuhr er fort: „You must be Lisa and Piet. I'm Steve. Come in and meet my wife Sarah."

Er gab ihnen die Hand. Lisa brachte nur ein heiseres „Hello" heraus. Steve führte sie in einen mit skandinavischen Kiefernmöbeln gemütlich eingerichteten Raum, wo Sarah schon auf sie wartete. Sarah war etwa in Steves Alter, und sie war zweifellos genauso aufgeregt wie Lisa. Sie setzten sich um einen Kaminofen herum, in dem ein wärmendes Feuer loderte. Steve bot Getränke an. Dann ergriff er das Wort.

„Meine Frau und ich wussten immer, dass eines Tages Beckys leibliche Mutter auftauchen könnte. Trotzdem war es ein Schock, als dieser Anwalt uns aufsuchte. Ich hoffe in Beckys Interesse, dass wir alle wie vernünftige Menschen mit der Situation umgehen werden."

„Weiß Becky, dass sie adoptiert ist?", fragte Piet.

„Wir wollten auf keinen Fall riskieren, dass Becky von anderen Leuten erfährt, dass wir nicht ihre leiblichen Eltern sind. Deshalb haben wir daraus nie ein Geheimnis gemacht."

Lisa räusperte sich. „Was haben sie ihr erzählt, warum sie nicht bei ihrer richtigen Mutter aufwachsen konnte?", fragte sie.

„Wir wussten ja nur", antwortete Sarah, „dass ihre Mutter sehr jung war und deshalb nicht in der Lage, die Verantwortung für ein Kind zu übernehmen. Also haben wir Becky erklärt, dass ihre Mutter wollte, dass sie es gut haben sollte, und sie deshalb bei uns ist."

„Was denkt sie von mir?" Lisas Stimme war fast unhörbar. „Hasst sie mich? Fühlt sie sich im Stich gelassen?"

„Sie können sicher sein, dass wir alles in unserer Macht Stehende getan haben, damit Becky zu einem selbstbewussten Menschen heranwächst. Dazu gehört auch, dass sie nie das Gefühl haben sollte, von irgendjemandem abgelehnt zu werden. Für uns stand immer im Vordergrund, dass Becky ein Geschenk war und unser Leben ungemein bereichert hat. Die Umstände, die dazu geführt haben, dass es so kam, spielten eine untergeordnete Rolle. Wir haben uns nie angemaßt, Ihre Entscheidung zu kritisieren, geschweige denn, so etwas Becky gegenüber zu äußern."

„Wie kam es", wollte Steve nun wissen, „dass Sie sich gerade zum jetzigen Zeitpunkt entschlossen haben, nach Ihrer Tochter zu suchen?"

„Es hat mich immer belastet, dass ich mein Kind weggegeben habe", sagte Lisa. „Immer wenn ich ein kleines Mädchen in Beckys Alter sah, brach es mir fast das Herz, nichts von meiner eigenen Tochter zu wissen. Ich habe mir manchmal die schlimmsten Dinge vorgestellt, die mit ihr passiert sein könnten." Sie kämpfte mit den Tränen. Piet reichte ihr eine Packung Taschentücher. „Und – wissen Sie, ich bin Lehrerin – jetzt hat Becky das Alter erreicht, in dem auch die Kinder sind, mit denen ich täglich zu tun habe. Das hat den Ausschlag gegeben, diese quälende Ungewissheit zu beenden."

„Seit wir wissen, dass Sie sich auf die Suche nach Becky gemacht haben, sind wir natürlich auch besorgt." Sarah blickte Lisa ängstlich an. „Wie stellen Sie sich das weitere Vorgehen vor?"

146

Lisa zögerte. Piet sagte: „Auch für meine Frau ist das Wichtigste, dass es Becky gut geht. Wir werden nichts tun, das dem Kind schadet." Dann hatte er eine Idee. „Können Sie uns vielleicht Fotos von Becky zeigen? Vom Baby über das Kleinkind bis heute? Was meinst du, Lisa? Möchtest du das?"

„Oh ja", bat Lisa, „das interessiert mich sehr."

Steve lächelte, denn er hatte bereits eine Reihe von Fotoalben zurechtgelegt. Sarah setzte sich neben Lisa und blätterte mit ihr die Alben durch. Becky als Neugeborene – das erste Lächeln – der erste Geburtstag – die ersten Zähnchen… Lisas Tränen flossen ungehemmt. Sie empfand eine Mischung aus unendlicher Traurigkeit, dass sie all diese Ereignisse nicht hatte miterleben dürfen, und Erleichterung. Denn diese Fotos belegten ohne Zweifel, dass hier eine glückliche Kindheit ausgebreitet wurde.

Mit zunehmendem Alter wurde noch eines ganz deutlich: Becky war Lisa wie aus dem Gesicht geschnitten – die gleiche aparte Kombination von dunklen Haaren und blauen Augen, das gleiche Lächeln, bei dem die gleichen Grübchen sichtbar wurden.

Piet zeigte auf ein Foto, auf dem Becky Geige übte. „Schau mal, Lisa, sie spielt Geige, genau wie du."

„Ja", sagte Steve stolz, „sie ist sehr musikalisch. Sie hat auch schon einmal in der Schule bei einem Musikwettbewerb den ersten Preis gewonnen."

Sarah suchte das dazugehörige Foto, das ein glückliches kleines Mädchen zeigte, wie es stolz in die Kamera lächelte. Eine Bilderbuchfamilie, mochte man bei diesem Anblick denken. Piet, der emotional nicht so unter Stress stand wie Lisa, bewahrte den professionellen Zugang des Journalisten und fragte sich mit einem gesunden Misstrauen: Kann man so etwas fälschen? Man konnte alles fälschen, sogar Hitlers Tagebücher. Aber die Ähnlichkeit mit Lisa? Egal, Piet würde erst beruhigt sein, wenn sie das Kind leibhaftig zu sehen bekommen würden und sich ein eigenes Bild machen konnten.

„Wann können wir Becky sehen?", fragte er.

„Heute übernachtet sie bei einer Freundin", sagte Sarah. „Das ist nichts Ungewöhnliches, das machen die Kinder oft am Wochenende, dass sie beieinander übernachten. Morgen zum Lunch ist sie wieder zu Hause."

„Weiß sie denn, dass wir zu Besuch sind?", wollte Lisa wissen. „Ich meine, dass ihre leibliche Mutter da ist?"

„Nein", gab Sarah zu, „darauf haben wir sie nicht vorbereitet. Wir könnten einfach sagen, Sie sind alte Freunde zu Besuch aus Deutschland."

Lisa runzelte die Stirn. Das gefiel ihr nicht. „Ich möchte meine erste Begegnung mit ihr nicht durch eine Lüge beginnen. Müssen wir ihr denn überhaupt erklären, wer wir sind?"

Schließlich einigten sich die beiden Paare, dass Lisa und Piet am nächsten Tag wie zufällig vorbeikommen und zum Lunch bleiben würden. Alles Weitere wollte man dem Zufall überlassen.

Am Abend im Hotel, nachdem sie sich leidenschaftlich geliebt hatten, fiel Lisa trotz der Aufregung des Tages zum ersten Mal seit langer Zeit in einen tiefen, erholsamen Schlaf.

Als sie am nächsten Tag an der Tür von Watsons Haus klingelten, öffnete ihnen das Mädchen, das sie nun von den Fotos schon kannten. Becky begrüßte sie unbefangen und rief dann: „Mom! Besuch!" Dann hüpfte sie wieder davon, und Sarah kam zur Tür. Sie führte die beiden in die Küche, wo schon der Tisch für drei Personen gedeckt war. Es duftete nach Lasagne. Nach einer Weile kam Becky wieder herein, um sich was zu trinken zu holen – Orangensaft aus dem Kühlschrank. Sarah sagte: „Becky, das sind Lisa und Piet aus Deutschland. Sie bleiben zum Essen. Holst du bitte noch zwei Teller und Besteck?"

Becky tat, wie ihr geheißen, während Sarah sich weiter mit Lisa und Piet über Details ihrer Reise unterhielt.

„Und sag deinem Dad, dass wir essen können", setzte Sarah hinzu. Steve kam herein, begrüßte die Gäste, und alle setzten sich um den Tisch.

„Na, Becky", wollte Lisa wissen, „was hast du denn heute früh Schönes gemacht?"

„Meine Freundin Lucy und ich, wir waren beim Handballtraining. Wir haben nach Weihnachten ein Match gegen eine Mannschaft aus Chicago. Aber wir sind schon richtig gut. Wir gewinnen bestimmt!"

Becky strahlte einen unverwüstlichen Optimismus aus, für Lisa eine weitere herzerwärmende Tatsache.

Lisa fuhr fort, Becky Fragen zu stellen, über die Schule, über ihre Freunde, wo sie schon überall hingereist war, was sie später einmal werden wollte. Sie versuchte, im Schnelldurchgang die versäumten elf Jahre mit Inhalt zu füllen, sich eine Vorstellung zu machen von dem Leben, das ihre kleine Tochter fern von ihr geführt hatte. Und alles, was sie erfuhr, rundete nur noch das Bild ab, das sie am Abend zuvor bekommen hatte: Ihr Kind war ein fröhliches, selbstbewusstes Wesen, das offensichtlich alle Liebe und Zuwendung bekommen hatte, die die Grundlage für ein glückliches Leben bilden.

Piet erklärte, dass er Journalist und Fotograf war und machte eine Reihe von Fotos, darunter einige von Lisa und Becky. Später am Nachmittag ging Becky in ihr Zimmer, um mit ihren Freundinnen zu chatten, wie sie sagte. Die vier Erwachsenen zogen sich ins Wohnzimmer zurück. Sarah sah Lisa ängstlich und erwartungsvoll an.

„Sie ist ein richtiger Schatz, nicht wahr?", sagte sie.

„Ich danke Ihnen", sagte Lisa schlicht und ehrlich. „Sie haben meinem Baby alles gegeben, damit es ein glückliches Leben hat. Ich weiß nicht, was ich tun würde, wenn ich sie in einer schrecklichen Situation vorgefunden hätte."

„Und was werden Sie jetzt tun?", fragte Steve ganz sachlich. „Jetzt wo Sie wissen, dass Becky es bei uns gut hat?"

Lisa schwieg lange. Sarah wurde immer nervöser. Steve ging mit langen Schritten im Zimmer auf und ab. Piet sah Lisa gespannt an. Dann holte Lisa tief Luft und sagte:

„Es soll alles so bleiben, wie es ist. Ich will nichts tun, das meinem Kind schaden könnte. Und ich glaube, das Beste ist, sie erfährt nicht, wer ich bin. Irgendwann wird der Zeitpunkt kommen, an dem sie wissen möchte, wer ihre leiblichen Eltern sind. Und dann können Sie sie an unseren Besuch erinnern und ihr erzählen, dass ich elf Jahre lang unter der Tatsache gelitten habe, dass ich mein Kind weggegeben habe. Wann immer die Zeit reif ist für Becky, dann kann sie kommen und mich besuchen. Und in der Zwischenzeit werde ich glücklich sein, wenn ich mit Ihnen in Verbindung bleiben und auf diese Weise an Beckys Leben teilnehmen kann."

Nun war es an Sarah, Tränen der Erleichterung zu vergießen. Lisa ging zum ihr hin und umarmte sie. „Sie wurden Beckys Mutter, als ich nicht in der Lage dazu war. Sie sollen auch Beckys Mutter bleiben. Und eines Tages wird Becky vielleicht alles verstehen und mir verzeihen und wissen, dass sie zwei Mütter hat."

*

Veronika verbrachte die scheußlichsten Weihnachtstage ihres Erwachsenenlebens. Werner war an Heiligabend vorbeigekommen, um seinen Söhnen seine Geschenke zu überreichen. Für Veronika hatte er einen Entwurf der Scheidungsvereinbarungen. Trotz der unglaublich großzügigen Regelungen empfand sie diese Geste als einen Schlag ins Gesicht.

Sie hatte einen Baum besorgt und geschmückt und ein leckeres Essen gekocht, aber später am Abend saß sie alleine neben dem leuchtenden Weihnachtsbaum. Die Jungs hatten sich mit ihren diversen Computerspielen in ihre Zimmer verzogen, und wo Werner war, davon hatte sie nun wirklich nicht die leiseste Ahnung.

Sie holte ihre Schmuckkassette hervor und betrachtete erneut ihre Trophäen. Wie hatte Hanna gesagt? Für diesen Plunder hatte sie ihre Selbstachtung verkauft. Wie recht sie hatte, die bescheidene, unscheinbare Hanna! Aber einen Verkauf kann man in vielen Fällen auch wieder rückgängig machen. Sie wollte diese Dinge nicht mehr um sich herum haben. Sie würde sie zu einem Juwelier bringen und hoffentlich einen guten Preis herausschlagen.

Aber halt, stopp! Auch an dem Geld für diese Schmuckstücke klebte der Makel ihrer eigenen Käuflichkeit. Sie wollte dieses spezielle Geld nicht behalten. Und plötzlich hatte sie eine grandiose Idee, was sie damit tun konnte!

*

Nach ihrem schönen Urlaub in der Karibik fühlte sich Ingeborg großzügig in der Lage, ihrer Mutter einen Besuch in der ‚Abendsonne' abzustatten.

„Frau Klein ist im Salon", informierte sie die Dame an der Rezeption.

Ingeborg folgte den Hinweisschildern. An der Tür blieb sie stehen und ließ ihren Blick suchend über die Anwesenden schweifen. Da, in einem der Sessel am Kamin saß Mutti mit ein paar weiteren alten Damen und unterhielt sich angeregt. Na bitte, geht doch, dachte Ingeborg.

Mit forschen Schritten näherte sie sich der Gruppe. „Guten Abend, Mutti", sagte sie laut und deutlich.

Muttis Gesichtszüge entgleisten einen Moment lang. Aber schnell hatte sie sich wieder unter Kontrolle. Ingeborg war gespannt, ob sie es fertig bringen würde, vor Publikum einen Streit vom Zaun zu brechen. Aber offenbar war Mutti noch hinreichend bei klarem Verstand, um ihre neuen Bekannten nicht wissen zu lassen, dass sie bei einem ihrer Kinder rausgeflogen war.

„Ach, Ingeborg, Kindchen", flötete Frau Klein Senior, „das ist aber lieb von dir, dass du bei deinem anstrengenden Beruf Zeit findest, mich zu besuchen. Meine Tochter", wandte sie sich den andern zu, „ist nämlich Oberstudienrätin an einem renommierten Gymnasium."

„Na, Mutti", meinte Ingeborg, „wie ich sehe, hast du dich ja schon gut eingelebt." Sie setzte sich zu den alten Leuten, denn sie wollte nicht riskieren, mit Mutti in ihrem Zimmer außer Hörweite der anderen zu sein. Dann würde garantiert das Gejammer wieder losgehen, die Vorwürfe, die ganze himmelschreiende Ungerechtigkeit. Sie hatte an Weihnachten beschlossen, dass sie mit diesem Kapitel ihres Lebens abgeschlossen hatte. Das Geld, das Frank nach zähen Verhandlungen dem raffgierigen Viktor abgejagt hatte, damit Ingeborg für die zehn Jahre Pflegetätigkeit entschädigt werden konnte, hatte sie auf ein besonderes Konto gelegt. Aus diesem Konto wollte sie alle verrückten Ideen, die sie bereits hatte und die sie sicher noch haben würde, verwirklichen. Mit Matthias hatte sie schon weitere exotische Reiseziele ausgesucht. Sie waren ein gutes Team!

*

Ende Februar trafen sich die Freundinnen zum ersten Mal wieder bei Karin. Karin war mit reduzierter Stundenzahl wieder im Dienst. Der Begrüßungssekt floss in Strömen. Hanna machte sich so ihre Gedanken, als sie bemerkte, dass Lisa keinen Sekt wollte, sondern Orangensaft.

Ingeborg, die als Gleichstellungsbeauftragte an den Sitzungen der Schulleitung teilnahm, hatte interessante Neuigkeiten:

„Stellt euch vor, es ist in der Schule eine anonyme Spende in Höhe von 10.000 Euro eingegangen. Das Geld soll dafür verwendet werden, sozial benachteiligten Schülern die Teilnahme an schulischen Veranstaltungen zu erleichtern. Ist das nicht mal eine gute Nachricht?"

Hanna hatte ihre eigene Idee, was diesen anonymen Spender betraf. Ein Blick in Veronikas zufrieden lächelndes Gesicht, bestätigte ihre Vermutung.

„Das ist wirklich fabelhaft", sagte sie, „aber was machen wir, wenn der Betrag aufgebraucht ist?"

„Da hätte ich schon eine Idee", meinte Veronika. „Wir schreiben ehemalige Schüler unserer Schule an, die im Leben erfolgreich geworden sind, und bitten sie, ihre ehemalige Schule in diesem Sinne zu unterstützen. Frag doch mal bei der Schulleitung an, Ingeborg. Ich würde das sogar übernehmen, solche Leute zu finden. Für Geld hab ich ja bekanntlich einen Riecher."

Beifälliges Lachen. Alle waren froh, dass Veronika nach dem Knatsch beim vorletzten Treffen wieder ganz die Alte war – oder vielleicht doch nicht ganz die Alte. Sie hatte ihre Karten auf den Tisch gelegt und den Nimbus der überlegenen, unfehlbaren Superfrau abgelegt. Witze machen konnte sie mittlerweile auch über sich selbst. Die Stimmung war so entspannt wie schon lange nicht mehr.

Plötzlich stand Lisa mit kreidebleichem Gesicht hastig auf und entschuldigte sich. Kurz danach waren aus Karins Gästetoilette Würggeräusche zu hören.

„Oh je, die Arme!" meinte Karin. „Hoffentlich hat sie sich nicht den Magen verdorben."

„An deinem Sekt liegt's jedenfalls nicht", stellte Veronika fest. „Davon hat sie nichts getrunken. Was meint ihr wohl, warum nicht?"

„Du meinst –?", fragte Karin. „Aber das wäre ja wunderbar!"

Lisa kam zurück und hatte wieder etwas mehr Farbe im Gesicht. Sie setzte sich und sagte: „Eigentlich wollte ich es euch

153

noch nicht sagen, aber ihr kriegt es ja ohnehin bald mit. Ich bin schwanger."

„Wie schön!" – „Wir freuen uns mit dir!" – „Wann ist es so weit?" Alle redeten durcheinander. Lisa wurde ganz verlegen angesichts dieser Teilnahme. Hanna nahm sie in den Arm und sagte: „Jetzt musst du gut auf dich aufpassen. Vor allem darfst du dich jetzt nicht mehr so viel aufregen."

„Es gibt keinen Grund mehr zur Aufregung", sagte Lisa leise. Nur Hanna verstand wirklich, was damit gemeint war. Sie hatte die Fotos von Lisa und ihrer amerikanischen Tochter gesehen. Sie freute sich jetzt doppelt für Lisa.

Sie blickte in die Runde und erinnerte sich an das Treffen vor Monaten, als Veronika mit ihren indiskreten Fragen bei jeder einzelnen der Freundinnen einen Stein angestoßen hatte, der Bewegung in ihr Leben gebracht hatte. Allen ging es nun besser als damals. Auch Veronika hatte verstanden, dass ihr Glück nicht darin bestand, aus materiellen Gründen an einer Ehe festzuhalten, für die sie nach und nach ihre Selbstachtung geopfert hatte. Alle hatten sich ihren Problemen gestellt und Lösungen angesteuert, anstatt still vor sich hin zu leiden. Keine war alleingelassen worden.

Sie versuchte sich vorzustellen, wie ihrer aller Leben in einem Jahr aussehen würde. Lisa wäre die glückliche Mutter eines bildhübschen, gesunden Babys, dem sie alle Liebe geben würde, die ihr erstes Kind von einer fremden Frau bekommen hatte. Sie würde nicht länger mit ihrer eigenen Vergangenheit hadern, sondern in die Zukunft blicken. Wer konnte einem da besser helfen als ein Baby?

Karin hätte sich in einem Jahr völlig von ihrer Krankheit erholt. Sie war jetzt schon dankbar, dass sie dem Schicksal noch einmal entkommen war. Sie würde die unvermeidlichen Zeichen des Älterwerdens gelassen tragen, da sie gelernt hatte, wie sehr sie am Leben hing und wie viel das Leben ihr noch zu bieten hatte.

154

Veronikas Veränderung ging möglicherweise am tiefsten. Wenn sie tatsächlich ihren Schmuck verkauft hatte, um mit dem Erlös benachteiligten Schülern zu helfen – und Hanna war sich sicher, dass diese anonyme Spende damit zusammenhing – , dann war Veronika weit über sich und ihren Egoismus hinausgewachsen. Wer weiß, vielleicht würde ja diese veränderte Veronika ihrem zukünftigen Exmann so viel Respekt abnötigen, dass sich die Sache mit dem „Ex" möglicherweise sogar erledigt hätte.

Ingeborg hatte mit ihrem Befreiungsschlag ihre Lebenssituation schlagartig verbessert. Es war auch für sie nicht zu spät, Träume zu verwirklichen. Hanna freute sich, dass Ingeborg und Matthias zusammengefunden hatten.

Und sie selbst? Wo sah sie sich selbst in einem Jahr? Stefan war auf einen guten Weg gebracht worden, von dem sie hoffte, dass er ihn nicht mehr verlassen würde. Er würde in einem Jahr sein Leben und seine Zukunft in die Hand genommen haben, vielleicht studieren, vielleicht einen Beruf erlernen, auf jeden Fall auf eigenen Füßen stehen. Zumindest bestand dazu begründete Hoffnung nach all den Monaten, in denen die Zukunft für sie ein beängstigendes schwarzes Loch war.

Nicht nur Stefans Perspektiven waren besser, auch sie selbst hatte die Lebensfreude wieder neu entdeckt. Volker und sie wollten zusammenbleiben, zwei Menschen, die ihr Leben als gescheitert betrachtet hatten, bis sie einander kennen und lieben gelernt hatten. Auch ihnen hatte das Leben eine zweite Chance gegeben.

„Hanna!", rief Ingeborg. „Träumst du? Wir wollen auf die guten Neuigkeiten anstoßen."

„Auf die Zukunft und das Leben!"